천 년의 음모

천 년의 음모

베나로자 왕국의 시간 여행자

한정영 지음

시간 여행자의 서[序]

베나로자 왕국의 첫 번째 도시인 베나로스, 사람들은 이 도시를 물의 도시로 불렀다.

이방인에 쫓겨 다니던 베나로자 왕국의 조상들이 해안가에 모여 살면서 건설한 이 도시는 시간이 지나면서 자연재해와 기후 변화로 점점 물이 차올랐다. 수백 년 뒤에는 마치 바다 위에 집을 지은 것처럼 골목마다 물길이 났다. 이 수로를 따라 물의 도시 곳곳을 다닐 수 있었다.

베나로스는 겉보기에는 아름다웠으나, 수십 년에 한 번씩, 남쪽 바다로부터 '바다의 늑대'로 불리는 거대한 폭풍우가 밀어닥쳤다. 그때마다 도시는 더 깊숙이 물에 잠겼고 수많은 사람이 목숨을 잃었다. 다들 해신[海神]의 저주 때문이라고 했다.

저주를 달래고 싶었던 사람들은 해마다 10월이 되면 가면 축제를 열었다. 저마다 가면을 쓰고 바다를 향해 제 얼굴을 내보이며 "제물이 필요하다면 저를 데려가세요!"라고 말했다. 그러고는 축제가 끝나면 가면을 벗었다. 가면을 벗으면 바다의 신이 자기 얼굴을 알아보지 못할 거라고 믿었다. 그래서 베나로스에는 가면 만드는 솜씨가 빼어난 장인이 대를 이어 탄생했다.

시간 여행자가 도시에 이르렀을 때, 누구도 경험해 보지 못한 '바다의 늑대'가 사납게 불어닥쳤다. 그 때문에 시간의 문이 열리고 과거와 미래가 뒤섞였으며, 그 틈을 타 사악한 자들이 흑마술로 도시를 더 어지럽게 만들었다.

시간 여행자는 도시의 파괴자와 맞서야 했다. 120년 후의 베나로자 왕국을 구하기 위해서였다. 그녀의 도전은 무모하고도 위험했다. 유리마법사와 바다의 늑대, 그리고 죽은 자의 영혼이 그녀를 기다리고 있었다. 하지만 이 여행을 멈출 수는 없었다.

여행이 시작되었을 때, 대종탑의 종이 울리더니 도시를 지키던 사자가 크게 울부짖었다.

추적자

가면 쓴 사람들

광장으로 향하는 길이 조금 더 넓어졌을 즈음이었다. 검은 고양이 가면이 이쪽을 힐끗 보더니 빠르게 지나갔다. 칼로 찢은 듯한 날카로운 눈이 매서웠다. 연이어 부리가 뾰족하게 솟은 새 가면이 옆쪽에서 다가왔다.

제나는 등골이 오싹했다. 도시 전체가 가면 축제 중인 것은 알았지만, 기괴한 가면들이 지날 때마다 흠칫 놀라곤 했다.

옆에서 종종걸음으로 제나를 따라오던 제타는 아무것도 모르는 듯했다. 지난밤 추적자에 쫓겨 죽을 뻔했다는 사실도, 그 탓에 120년이 넘는 시간을 거슬러 왔다는 사실도, 그리고 어쩌면 왔던 곳으로 다시는 되돌아갈 수 없을지도 모른다는 사실까지도.

제타는 도리어 자기도 가면 축제를 즐기러 나온 관광객인 양 발걸음이 가벼워 보였고, 어디서 주웠는지 알 수 없는 회색 박쥐 가면까지 뒤집어쓰고 있었다. 가면 쓴 사람들이 점점 많아져 거리가 더욱 복잡해지자 제타는 아예 뛰기 시작했다.

"제타! 너무 앞서가지 마."

제나는 멀리 사람들 뒤편에 있는 베나로스 대종탑을 힐끗 쳐다보며 외쳤다. 하지만 제타는 조그마한 몸으로 사람들 사이를 요리조리 빠져나갔다.

"제타, 멈춰!"

제나가 소리치며 재빨리 쫓아갔지만, 어느새 제타는 초록 드레스를 차려입고 꽃으로 장식된 모자로 멋을 낸 세 여자 뒤로 모습을 감추었다. 방금 따라잡았다 싶었는데 아차 하는 순간 제타가 보이지 않았다. 문득 보라색 나비 가면을 쓴 여자아이가 눈앞에 서 있었다. 그 옆엔 입술만 빨갛게 칠한 황금색 가면의 여자가, 그리고 그 주위로는 왼쪽 얼굴만 파란색 가면으로 가린 남자들이……. 제나는 정신이 하나도 없었다.

제타가 보이지 않았다. 아무리 사람들 틈을 헤집고 다니며 찾아 헤매도 그 작은 아이의 모습은 쉽게 눈에 띄지 않았다.

"안 돼!"

제나는 자신도 모르게 중얼거렸다.

그때, 저 앞쪽에서 갑자기 비둘기 떼가 푸드덕 날아올랐다. 얼핏 보기에도 수백 마리는 넘어 보였다. 사람들이 함성을 지르며 물러나자 널따란 광장이 드러났다. 그 한가운데 제타가 있었다. 아직 바닥에 남아 파닥거리는 비둘기 몇 마리를 이리저리 쫓고 있었다.

'휴우!'

제나는 안도의 숨을 내쉬며 달려가 무릎을 꿇고 제타를 꼭 끌어안았다. 너무 힘을 주었던지 제타가 끄응, 하며 몸부림을 쳤다. 그 바람에 제풀에 놀란 제나는 얼른 제타를 놓아주었다. 그 옆으로 가면을 쓰지 않은 소녀가 묘한 미소를 지으며 지나갔다.

그런데 왜일까. 지나쳐 가면서도 소녀는 고개를 돌려 제나를 바라보았다. 언뜻 보기에는 제나보다 서너 살쯤 많아 보였다. 화려한 치장을 한 사람들과는 달리, 수수한 잿빛 드레스를 입고 머리에는 초록색 머릿수건을 쓰고 있었다. 수백 년 전 어느 시대에서 방금 달려 나온 모습이랄까?

바로 그때 소녀가 몸을 돌려 불쑥 제나에게 다가왔다. 무슨 할 말이라도 있는 듯 입술을 달싹였다. 그 순간 제나는 하마터면 소녀에게 아는 체를 할 뻔했다. 그러나 소녀는 잠시 오른쪽을 힐끔거리며 무언가에 놀란 듯 머뭇거렸다. 그러고는 제나를 한 번 더 쳐다본 뒤 재빨리 사람들 틈으로 사라졌다. 곧바로 검은색 망토를 두르고 흰 가면을 쓴 남자가 그 소녀를 쫓듯 서둘러 지나갔다.

제나는 소녀가 사라진 쪽으로 몸을 돌렸지만, 그것으로 그만이었다. 뒤편에서 음악 소리가 울려 나왔기 때문이다.

곧이어 등장한 악대의 퍼레이드가 시작됐다. 수많은 사람이 가면을 쓰고 광장을 가로질러 악대를 뒤따랐다. 그 무리 너머로 베나로스 대종탑이 안개를 휘감은 채 우뚝 서 있었다. 건물은 고풍스러우면서도 웅장했으며 빌딩으로 치면 족히 수십 층은 될 만큼 높았다. 종이 매달려 있는 꼭대기는 고개를 완전히 뒤로 젖혀야 겨우 보일 정도였다.

제나는 뭔가에 이끌리듯 대종탑 쪽으로 다가갔다. 그러나 퍼레이드를 보고 싶은 제타는 고분고분하지 않았다. 이번만큼은 제나가 강제로 제타의 손목을 잡아끌었다. 조금 더 걸어가자 건물을 떠받치고 있는 수백 개의 돌기둥이 보였다. 문득 시간의 터널에 이르기 전날 밤, 하야로비가 했던 말이 떠올랐다.

'베나로스 대종탑 밑으로 가세요. 그곳에 있는 수백 개의 기둥은 베나로스를 상징하지요. 용맹한 사자와 함께 말이에요.'

하야로비 말대로 각각의 기둥은 정교하게 조각된 사자상이 떠받치고 있었는데, 이를테면 수백 마리의 사자가 베나로스 대종탑을 머리에 이고 있는 모습이었다. 게다가 기둥 아래 있는 사자들에는 하나같이 날개가 달려 있었다. 당장이라도 날아오를 것처럼!

제나는 기둥 쪽으로 가까이 다가가 날카로운 이빨을 드러내고 있는 사자의 날개와 갈기를 조심스럽게 쓰다듬었다. 순간, 손끝이 짜릿했다. 동시에 어젯밤에도 그랬던 것처럼 사자 울음소리가 들려왔다.

'크르르릉!'

환청이란 것을 알면서도 소리가 너무 생생해서 제나는 눈을 질끈 감으며 얼른 사자의 갈기에서 손을 뗐다. 생각 같아서는 당장 그 자리를 벗어나고 싶었지만, 별수가 없었다. 이미 120년이라는 시간을 거슬러 여기까지 왔기에 모든 해답은 이곳에 있었다. 베나로스를 구해 내는 일도, 다시 왔던 곳으로 되돌아가는 방법도.

잠시 눈을 감고 하야로비의 얼굴을 생각하며 속삭였다.

'당신이 가라던 곳입니다. 이제 무얼 해야 하죠? 당신은 이곳에 없는데 누구에게 물어보아야 하나요?'

제나는 천천히 눈을 떴다. 뜻밖에도 조금 전에 보았던 소녀가 바로 눈앞에 서 있었다. 마치 질문에 대한 대답이라도 되는 듯이.

소녀를 쫓아라

소녀는 그르렁대는 모습을 한 돌사자 뒤에서 나타났다. 소녀가 제나에게 다가와 입술을 옴짝거렸다.

'제나!'

소리는 들리지 않았지만, 입술 모양은 틀림없이 제나를 부르고 있었다.

제나는 침을 꿀꺽 삼키고 앞으로 나갔다. 하지만 아무 일도 일어나지 않았다. 소녀가 아까처럼 오른쪽 무리를 살피더니 황급히 반대편으로 가 버렸기 때문이다. 그런데 이번에도 검은색 망토를 두른 흰색 가면을 쓴 남자가 그 뒤를 따랐다.

'대체 뭘까?'

아까와 똑같은 상황이었다. 소녀가 나타나고 검은색 망토를 두른 흰색 가면의 남자가 그 뒤를 쫓고. 제나도 얼결에 그들을 쫓기 시작했다. 소녀도 그걸 알아챘는지 사람들 틈에 묻히기 전까지 적어도 두어 번은 제나를 돌아보며 입술을 옴짝댔다.

그때 제타가 말했다.

"누나 이름을 불렀어. 그리고 도와 달라고 했어."

제나는 제타를 돌아보았다. '정말이야? 너도 들었어?' 그렇게 묻는 듯한 표정으로. 그러자 제타도 기다렸다는 듯이 고개를 끄덕였다. 다른 건 몰라도 유독 온몸의 감각이 뛰어난 제타가 그렇게 느꼈다면, 틀림없었다.

둘은 기둥과 기둥 사이를 지나고, 오가는 사람들 틈을 헤쳐 가며 소녀를 쫓았다. 소녀는 기둥 뒤로 사라졌다가 다시 나타났고, 또 사람들에게 가려지기를 반복했다.

"기다려!"

조바심에 소리쳤지만, 악대의 행진곡 소리와 사람들의 환호성에 묻혀 버렸다. 그래도 멈출 수는 없었다. 어쩌면 그 소녀가 제나가 꼭 만나야 할 사람일지도 모르니까.

소녀는 붙잡힐 듯 붙잡히지 않았다. 급기야 대종탑을 벗어나 높고 낮은 붉은색 벽돌 건물들 사이를 지나 순식간에 골목으로 사라져 버렸다.

"제타, 뛰어!"

제나가 소리치며 제타의 손목을 힘껏 끌어당겼다.

소녀가 사라진 골목에 다다랐지만, 이미 소녀의 모습은 보이지 않았다. 가면을 쓴 다른 사람들도 약속이나 한 듯 눈에 띄지 않았다. 둘은 앞으로 더 달렸다. 또 다른 갈림길이 나와 재빨리 양쪽을 번갈아 보는데 오른쪽에서 소리가 났다. 제나는 생각할 겨를도 없이 그쪽으로 내달렸다. 그러나 그걸로 끝이었다. 골목 네거리 어느 쪽에서도 소녀의 흔적을 찾을 수 없었다. 오른쪽 왼쪽을 다 가 보았지만, 골목은 조용하기만 했다.

'어떻게 된 걸까? 이름을 부르고 도와 달라고 했으면서? 도대체 왜……? 아니, 그런데 내 이름은 어떻게 알았을까?'

제나는 혼란스러웠다. 그래도 정신을 가다듬어야 했다. 어떻게 할지 다시 생각했다. 우선 대종탑으로 되돌아가는 게 맞겠다 싶었다. 하야로비가 대종탑 밑으로 가라고 한 이유가 소녀 때문이 아닐 수도 있으니까.

그러나 제나는 몸을 돌리자마자 멈추어야 했다. 대종탑 쪽으로 가는 길 저편에 누군가 서 있었다. 움푹 파인 두 눈이 섬뜩하게 보이는 흰 가면을 쓴 남자였다. 그러고 보니 처음 소녀를 마주했을 때도 스쳐 지나갔던 바로 그 가면이었다.

불현듯 어쩌면 소녀도 흰 가면을 쓴 남자에게 쫓기고 있을지 모른다는 의심이 들었다. 그러자 소녀가 왜 이름만 불러 놓고 달아났는지, 왜 도와 달라고 했는지 단번에 이해되었다.

남자가 제나 쪽으로 다가왔다. 한눈에 봐도 그냥 지나치려는 사람의 걸음걸이가 아니었다. 양손을 검은 망토 뒤에 숨긴 것도 예사롭지 않았다. 궁궐 수비대에서 오랜 훈련을 받은 제나의 느낌으로도 그냥 지나치려는 것이 아니었다.

빨리 판단해야 했다. 맞서 싸울지, 아니면 달아날지. 일단 달아나야 했다. 혼자라면 몰라도 제타까지 위험해질 수 있으니까. 제나는 얼른 제타의 손을 잡고 최대한 자연스럽게 돌아선 다음, 서둘러 걷기 시작했다. 골목 안 막다른 갈림길에서는 오른쪽으로 돌았고, 그다음 갈림길에서는 왼쪽 길로 접어들었다.

"아!"

흰 가면이 여전히 따라오고 있었다. 빨리 걸을 때는 빠르게, 천천히 걸을 때는 천천히 간격을 유지하면서.

흰 가면을 쓴 남자

제나는 제타의 손을 잡고 뛰기 시작했다. 부지런히 달려 가까스로 골목을 벗어났지만, 몸을 숨길 만한 곳은 보이지 않았다. 한쪽은 높은 담장과 건물 벽이 이어졌고 다른 한쪽은 수로였다. 새파란 물빛으로 보아 꽤 깊은 것 같았다. 물흐름도 빨랐다. 그나마 다행인 건 골목과는 달리 지나는 사람들이 꽤 많아서 흰 가면이 섣불리 달려오지 못한다는 것이었다.

제나는 사람들 사이를 요리조리 피해 가며 뛰었다. 얼마쯤 지난 뒤, 뒤를 돌아보았더니 흰 가면이 사람들과 부딪치기라도 했는지 거리가 좀 멀어져 있었다.

이때다 싶어 제나는 재빨리 다시 골목 안으로 들어갔다. 좁은 틈으로 부리나케 뛰어들어 오른쪽 왼쪽을 몇 번이나 돌고 돌았다. 어디로 가는지도 알 수 없었다. 오로지 흰 가면을 따돌려야 한다는 생각뿐이었다.

숨이 턱까지 차오를 즈음에야 속도를 늦추었다. 하지만 오른쪽으로 휘어진 골목 끝에 이르렀을 때, 아차 싶었다. 길이 끊어지고 또 다른 물길이 앞을 가로막고 있었기 때문이다. 아, 물 위에 지어진 도시 베나로스. 골목마다 길보다 수로가 더 많다는 사실을 새삼 깨달았다.

"돌아가야 해!"

제나는 반사적으로 외치며 재빨리 몸을 돌렸다. 하지만 한 걸음도 내딛지 못했다. 반대편 골목 끝에 어느새 흰 가면이 서 있었기 때문이다. 수로 너머에 또 다른 골목길이 이어져 있었지만 건너뛸 만한 거리가 아니었다.

흰 가면의 남자를 쳐다보았다. 얼굴은 보이지 않았지만, 왠지 음흉하게 웃고 있을 것만 같았다. 남자는 아까보다 훨씬 더 여유로운 걸음으로 다가왔다. 제나는 발끝에 힘을 주고 뒤로 두어 걸음 물러났다. 그리고 숨을 몰아쉬며 주먹을 꼭 쥐었다.

그때 마침 남자가 망토 속에서 손을 뺐는데 팔목까지 오는 새까만 장갑이 눈에 들어왔다. 제나는 머리끝이 주뼛했다. 시간의 터널에서 자신의 발목을 잡았던 추적자의 손이 꼭 저렸었다. 비록 하야로비의 칼에 손목이 잘리긴 했지만.

그러나 놈에게 붙잡혔던 발목에는 아직도 그때의 섬뜩한 느낌이 생생히 남아 있었다. 문득 이 남자가 또 다른 추적자일 수도 있겠구나 싶었다.

'결국, 나와 제타를 죽이려고 120년이란 시간을 거슬러 이곳까지 쫓아왔단 말인가? 하긴 그들은 어디에든 있었으니까.'

제나는 더는 피할 수 없겠다는 생각이 들었다.

"제타, 헤엄칠 줄 알아?"

제타는 곧바로 고개를 가로저었다.

"괜찮아. 누나가 구해 줄게."

제타가 할 수 있을지 알 수 없었다. 물도 깊고 물살마저 거세서 결과를 장담하기는 어려웠다. 그래도 가야 했다. 여기까지 와서 암살자의 손에 붙잡힐 수는 없었다.

제나는 제타를 더 세게 끌어당겼다. 두려움이 드리운 제타의 얼굴이 창백해졌다. 제나는 제타의 얼굴을 똑바로 마주 보며 말했다.

"내가 셋, 하면 뛰는 거야. 알았지?"

제타는 여전히 손에 힘을 꽉 쥐고 버티며 대답하지 않았다. 제나가 한 번 더 말했다.

"할 수 있어. 아니, 해야 해. 넌 반드시 베나로자 왕국으로 돌아가서 구원자가 되어야 해."

마침내 제나가 땅끝에 섰다. 발밑에는 빠른 물살의 바닷물이 일렁였지만, 숨을 크게 들이쉬면서 마음을 다잡았다.

"자, 하나, 둘……."

그때였다. 수로 저편에서 희뿌연 안개를 뚫고 날개 달린 금빛 사자가 나타났다. 사자는 거친 물살을 가르며 이편으로 빠르게 다가왔다.

"사자라니? 그것도 물 위를 달리는?"

넋을 잃고 혼자 중얼거리는데, 잠시 후 사자 뒤쪽으로 시커먼 배가 보였다.

"루나Luna 보트야!"

제타가 소리쳤다. 배의 앞머리가 유독 높게 치솟은 날렵한 배였다. 배 앞부분에 달린 장식이 다름 아닌 날개 달린 사자였다.

그런데 그보다 더 놀라운 건 배 위에 소녀가 타고 있다는 사실이었다. 자신들이 조금 전까지 뒤쫓던 소녀가 금발의 머리칼을 휘날리며 사자 장식 위에서 손짓하고 있었다. 소녀의 등장이 너무 뜻밖이라 제나는 제타에게 저 배의 이름을 어떻게 알았느냐고 물을 틈도 없었다.

　루나 보트가 제나가 있는 쪽으로 다가왔을 때, 소녀는 또렷한 목소리로 말했다.

　"제나! 이쪽이야! 어서 타!"

　소녀가 제 이름을 불렀지만 제나는 선뜻 앞으로 나아가지 못했다. 이전과는 달리 밝은 목소리로 손짓하는 소녀의 정체를 알 수 없었기 때문이다. 게다가 뱃머리에서 루나 보트를 젓고 있는 험상궂은 아저씨는 또 누구란 말인가!

　"어서!"

　주저하는 사이에 소녀가 다시 한번 외쳤다. 어쩔 수 없었다. 뒤에서 다가오는 흰 가면을 피하는 게 먼저였다. 그걸 눈치챈 제타가 먼저 한 발을 루나 보트 위에 올리자 소녀가 손을 잡아 끌었다. 급히 제나도 제타를 따라 루나 보트에 올랐다. 둘이 올라타자마자 뱃머리에 있던 아저씨가 다시 노를 젓기 시작했고 루나 보트는 빠르게 수로를 내달렸다.

　다시 돌아보았을 때는 흰 가면을 쓴 남자가 보트를 바라보며 가만히 서 있었다.

시간의 역류

기억나지 않는 미래

"루나 보트는 아주 오래전부터 베나로스에서 가장 중요한 교통수단이야. 물 위에 세워진 도시는 시간이 지날수록 더 낮게 가라앉았고, 끝내 골목에까지 물이 들어차는 바람에 좁은 골목을 지나다닐 작고 빠른 보트가 필요했거든. 꼭 초승달을 물 위에 띄워 놓은 것처럼 생겼다고 해서 루나 보트라고 불렀어. 지금도 이 도시의 많은 사람이 루나 보트를 가지고 있어. 베나로스를 여행하는 사람들도 아주 좋아하는 교통수단이지. 그래서 이렇게 좁은 수로에서는 모터보트를 금지하고 루나 보트만 운행하게 된 거야……."

책 읽듯 중얼거리던 제타는 제나가 고개를 끄덕이자 말을 멈추고 씩 웃었다. 어린아이가 새 장난감을 품에 안았을 때의 표정이랄까.

별걸 다 외우는구나 싶은 생각에 제나 역시 미소를 지었다. '그것도 책에서 읽은 거야?' 하고 물으려다가 그만두었다.

그때 루나 보트가 왼쪽으로 휘어진 물길을 따라 천천히 돌아나갔다.

제나는 한 번 더 뒤를 돌아보았다. 더는 흰 가면이 보이지 않았지만, 불안감은 좀처럼 누그러들지 않았다.

"이제 쉽게 쫓아오지는 못할 거야."

제나의 마음을 읽었는지 소녀가 미소 지으며 말했다. 제나는 대꾸할 수 없었다. 우선은 숨 고르기가 필요했다.

흰 가면은 따돌렸지만, 대신 손을 뻗으면 닿을 거리에 소녀가 앉아 있지 않은가. 희디흰 피부는 숫제 창백해서 푸른 실핏줄이 보일 듯한 소녀가.

일단 무엇부터 물어보아야 할지 머릿속으로 찬찬히 되짚어 보았다. 이름은 무엇이며, 어디서 왔는지, 무얼 도와 달라는 것인지. 아니, 무엇보다 누구에게 쫓기는 것인지.

그런데 아직 단 한 가지 질문도 제대로 하지 못한 제나에게 소녀가 먼저 기막힌 말을 꺼냈다.

"기다리고 있었어. 반짝이는 그 눈빛, 기억나. 조금은 푸른빛이 도는 너의 신비한 눈동자 말이야. 아주 또렷하게!"

한쪽 무릎을 꿇은 자세로 엉거주춤 앉아 있던 제나는 깜짝 놀라 그만 주저앉아 버렸다. 얼떨결에 제타의 손을 꽉 붙잡았지만, 제타는 루나 보트를 이리저리 둘러보는 데 정신이 팔려 있었다.

"나……를 알아요? 나를 본 적이 있다는 거예요?"

제나의 물음에 소녀는 평화로운 미소를 지으며 천천히 고개를 끄덕였다. 그러고는 가만히 제타를 바라보며 말했다.

"이쪽은 제타, 맞지?"

"정말 우리가 만난 적이 있다는 말이에요? 당신은 도대체 누구죠? 대체 우리를 어떻게 아는 거예요?"

엉겁결에 제나가 목소리를 높였다.

"제나, 넌 33년 후의 이곳에 왔어. 아니, 오게 될 거라고 말해야 하나?"

"그게 무슨 말이에요?"

제나는 소녀의 말이 너무 터무니없어서 다급하게 되물었다.

"말 그대로야. 지금으로부터 33년 후 우린 이곳에서 만났어. 그래, 기억나지 않을 수도 있어. 시간의 역류 현상 탓이니까."

"시간의 역류요?"

"네가 살던 2151년을 기준으로 보면, 더 먼 과거는 바로 지금, 2031년이야. 너는 지금으로부터 33년 후인 2064년에 먼저 이곳에 왔었어. 그러니까 너에게는 2031년의 일보다 2064년의 일이 먼저 일어난 거야. 그러니까 당연히 먼저 일어난 일이 기억되어야 하는 게 맞지?"

제나는 얼결에 고개를 끄덕였다.

"다만 네가 살던 2151년으로 돌아가야만 2064년으로 갔던 일이 네게 먼저 일어났던 일로 기억돼. 그런데 너는 지금 2031년에 와 있어. 그러니까 당연히 2064년의 일은 기억할 수 없는 거야. 2031년의 너에게 2064년의 일은 미래니까. 이게 바로 상당수의 시간 여행자가 겪는 시간의 역류 현상이야."

소녀의 말에 제나가 다시 고개를 갸웃거렸다. 이해될 듯 이해되지 않았다. 그런데 그때, 제타가 혼잣말처럼 중얼거렸다.

"시간의 역류는 시간의 터널을 통과하면서 생기는 기억의 오류 같은 거야. 시간의 터널은 빛의 속도보다도 수백 배나 빠르기 때문에 인간의 뇌가 그 속도에 적응하지 못하고 자신에게 일어난 일을 뒤죽박죽 편집하는 현상이야. 이때 어떤 기억은 삭제되기도 해."

"너도 알고 있었어?"

제나는 제타에게 묻고 다시 소녀를 쳐다보았다. 그러자 제나의 당혹감을 알아차리기라도 한 듯 소녀가 말을 이었다.

"그래, 좀 혼란스럽긴 할 거야. 아무튼, 그 이야기는 나중에 하도록 하자. 나는 은파라고 해. 어때? 기억나는 이름이야?"

제나는 고개를 가로저었다. 얼굴을 본 적도, 이름을 들어 본 적도 없었다. 제나는 또 한 번 고개를 저었다.

"예상은 했었어. 하지만……."

"그러니까 당신이 지금으로부터 33년 후의 미래로 가서 이미 나를 만났고, 다시 그 시점으로부터 과거인 지금, 그러니까 2031년으로 와서 나를 또 만나고 있다는 뜻이에요? 후후!"

제나가 은파의 말을 자르고 대뜸 물었지만, 말끝에는 허탈하게 웃을 수밖에 없었다.

그녀의 말대로라면, 자신은 2151년의 어느 날, 2064년으로 먼저 시간 여행을 갔었고, 그런 다음 2151년으로 갔다가, 다시 2031년으로 두 번째 시간 여행을 왔다는 뜻이었다.

궁금한 게 더 있었다.

"그럼, 당신도 시간 여행자란 말인가요?"

은파는 살짝 이를 드러내며 미소 지었다.

"어디에서 온 거예요? 우리처럼 2151년인가요? 나는 기억하지 못하는데, 당신은 어떻게 기억하는 거지요? 당신은 우리와는 다른 시간 여행자인가요?"

"지금은 그게 중요한 게 아니야. 아무튼 우리는 순례자의 집에서 만났어. 그때 너는 베나로스를 구해야 한다면서 무언가를 찾고 있었지."

"뭐라고요? 그때도 지금처럼……. 그보다 당신, 하야로비가 보냈나요?"

자꾸만 대답을 미루는 게 마뜩잖았지만, 우선 그걸 확인하는 게 먼저일 듯했다. 그러나 은파는 이번에도 그 질문에 대한 대답은 하지 않았다. 난감해진 제나는 아무런 대꾸도 할 수 없었다. 그런 제나의 속마음을 아는지 모르는지 은파가 말을 이어 갔다.

"2064년의 네가 나에게 말했어. 2031년으로 되돌아가야 한다고."

"그래서 당신도 33년 후의 미래에서 이곳으로 왔다는 말인가요? 하아! 그래요. 우리가 만났을 수도 있죠. 그렇지만 내가 왜 당신에게 지금으로 되돌아가라고 말했다는 건가요? 아니, 그보다 지금의 나와 그때의 내가 같은 사람이란 걸 어떻게 알아요?"

제나가 빠르게 던진 질문에 은파가 무언가를 내밀었다. 한 장의 사진이었다. 사진 속에서는 제나가 제타와 함께 웃고 있었는데, 제타의 목에 걸린 베나로 스톤 펜던트까지 선명하게 보였다. 무엇으로 찍고 인화했는지 알 수 없지만 틀림없었다. 약간 흐릿하긴 해도 지금과 별반 다르지 않은 모습이었다.

제나는 잠시 입을 꾹 다물었다가 스스로에게 다그치듯 중얼거렸다.

"이게 말이 돼?"

그러고는 절레절레 고개를 저었다.

베나로자 왕국에서 일어난 반란으로 1년 동안 피의 산맥과 죽음의 계곡을 거쳐 고통의 숲까지 도망쳐야 했던 일부터, 결국 시간의 커튼 사이로 몸을 던져 이곳까지 오게 되었다는 사실도 믿고 싶지 않았다. 그런데 이곳에 도착하자마자 이런 해괴한 이야기를 듣게 되다니! 제나는 다시 한번 고개를 내저었다.

33년 후 미래에서 있었던 일

제나는 두어 번 숨을 몰아쉰 뒤에야 쿵쾅거리던 가슴을 조금이나마 가라앉힐 수 있었다. 그러기를 기다렸는지 은파는 방금과는 다른 말투로 입을 열었다.

"우리가 만났던 33년 후의 미래는 정말 끔찍했어. 베나로스에는 33년에 한 번씩 여느 해와는 달리 난폭한 바람이 불어. 이곳 사람들이 '바다의 늑대'라고 부르는 폭풍이지. 그 끔찍한 폭풍이 휘몰아쳐서 베나로스 대종탑이 삼분의 일이나 물에 잠겼고 골목마다 어른 키보다 높이 물이 차올랐어. 모두 어쩔 수가 없었어. 사람들은 대부분 도시를 버리고 더 높은 육지로 이주했지. 높은 빌딩의 꼭대기만 물 위로 삐죽삐죽 튀어나와 있었지. 여기도 저기도……."

은파가 루나 보트 너머로 보이는 높은 건물 몇 개를 가리켰다. 제나는 얼떨결에 그 손끝을 따라가 보았다. 높은 건물과 뾰족한 첨탑이 솟은 교회, 호텔 건물이 눈에 들어왔다. 제나는 자기도 모르게 얼굴을 찡그렸다.

은파는 제나가 별다른 반응을 보이지 않자 하던 말을 다시 이어 갔다.

"아까 말했던가? 우리는 순례자의 집에서 만났어. 대종탑 뒤편에 있는 4층짜리 건물인데, 너를 만났을 때는 이미 절반쯤 허물어져 있었어. 너는 그때 누군가에게 쫓겨서 헐레벌떡 골목길로 들어섰어. 너를 쫓던 사람들이 누구인지 알아?"

"설마……?"

제나가 되묻듯 말하자 은파가 천천히 고개를 끄덕였다. 제나는 엉겁결에 뒤쪽을 돌아보았다. 물론 흰 가면은 보이지 않았다. 수로에는 관광용 루나 보트만 몇 대 떠 있었고, 수로 옆 길가에 있던 사람들 틈에도 수상한 낌새는 없었다.

당혹스러웠다. 은파의 질문에 넌지시 답을 던졌지만, 그게 답이라는 사실이 더 기가 막혔다. 지금 은파가 하는 말을 정말 믿어야 할지 판단이 잘 서지 않았다.

"그때 나는 너를 숨겨 주기로 했어. 다급해 보였거든. 더구나 그들에게 쫓기고 있다면, 어쩌면 네가 나와 관련 있는 사람일 수도 있겠다 싶었지."

잠시 숨을 고른 은파가 말을 이었다.

"우리는 순례자의 집으로 들어갔어. 그곳은 내가 오랫동안 할아버지와 살던 곳이라 집의 구조를 훤히 꿰뚫고 있었거든. 지하에는 방이 꽤 여러 개 있었어. 그중엔 할아버지가 비밀의 거실이라고 부르던 아주 특별한 방이 있었는데, 그 방 동쪽에 이중벽이 있었어. 할아버지는 가면을 만드는 분이었는데 아주 특별한 가면을 완성하면 꼭 그 방에 넣어 두셨어. 그 벽을 지나면 바깥으로 빠져나가는 비상계단이 있었고 우리는 그날 우리를 쫓던 낯선 사람들이 돌아갈 때까지 그 이중벽 안쪽에 숨어 있었어. 그때 너는 내게 왜 자기를 돕느냐고 물었고 나는 '나도 저들에게 쫓기고 있어.'라고 대답했지."

"아, 그건 알겠어요. 그런데 도대체 베나로스는 왜 침몰한 거죠?"

제나는 오래된 옛이야기처럼 들리는 은파의 말을 중간에 싹 둑 자르고 물었다. 당장 알고 싶은 것, 그리고 꼭 필요한 것만 물어야겠다는 생각이 들었기 때문이다. 은파는 마치 그러길 기다렸다는 듯이 또 한 장의 사진을 내밀었다.

"이걸 봐."

뜻밖에도 인공위성으로 찍은 해안 도시의 사진이었다. 도시와 해안의 윤곽이 뚜렷했고, 얼핏 입체 지도를 떠올리게 했다. 다만, 알 수 없는 것은 사진 위에 그려진 흰 물결이었다. 왼쪽 아래에서 시작된 물결은 회오리를 만들며 도시의 어느 한곳으로 모이는 모양새였다. 언뜻 보면 마치 태풍의 위성 사진처럼 보이기도 했다.

"이게 뭐죠?"

"뭐긴. 네가 나에게 준 두 번째 사진이지. 그게 뭔지 정말 모르겠어?"

"설마 여기가 베나로스라는 거예요? 태풍 모양의 이 거대한 파도가 베나로스를 덮치는 중이고요?"

"맞아. 이상하지? 이곳에는 해마다 10월이면 큰 바람이 불어와서 해일을 일으키곤 하지. 보통은 한 차례 정도 큰 해일이 일어나면 그만이야. 그런데 저런 모양으로 연이어 파도가 휘몰아쳐서 단숨에 베나로스를 집어삼킨 적은 없었어."

"도대체 무슨 말을 하는 거죠? 누군가 일부러 바다의 늑대를 회오리 모양으로 만들기라도 했다는 건가요?"

제나는 고개를 갸웃거리며 다시 사진을 들여다 보았다. 거친 파도가 소용돌이처럼 맴돌다가 어느 한 지점에 이르러 땅 밑까지 거칠게 파고드는 모양이었다.

소용돌이에 휘말리면 무엇이든 가차 없이 빨려 든다는 사실을 떠올리자 갑자기 오싹했다. 게다가 이 사진 속의 소용돌이는 도시 전체를 집어삼키려고 하지 않는가!

"곧 바람이 불어올 거야. 10월 23일."

몸이 으스스 떨리는 찰나, 은파가 불쑥 말했다.

"뭐라고요? 오늘이 10월 21일인 걸 알고 하는 말이에요? 그, 그럼 이틀 후에?"

"응. 네가 말했어. 폭풍이 10월 23일에 불어온다고. 그래서 3일 전에 와서 기다리라고. 남은 기회는 단 한 번뿐이라고."

은파가 사진을 뒤집어 보여 주었다. 뒷면은 파란 선의 모눈종이 모양이었는데, 아래쪽에 '20311023'이라고 적혀 있었다. 제나는 어쩔 줄 몰라 한동안 멍하니 사진만 내려다보았다.

그때 줄곧 가만히 앉아 있던 제타가 나지막이 웅얼거렸다.

"10월 23일은 죽음의 사자使者들에게는 축제의 날이야. 이날 바다의 늑대가 불어오면 죽은 자들과 산 자들의 경계가 무너지지. 그래서 세상의 모든 악마는 이날을 잡아 혼인한다는 전설도 있어."

제나는 잠시 제타를 바라보다가 곧 시선을 옆으로 돌렸다. 제타가 떠드는 소리가 여전히 귓가에 울렸지만, 애써 외면했다.

그때 루나 보트가 좁은 수로를 빠져나와 넓은 수로로 들어섰다. 때마침 커다란 수상 버스가 눈에 띄었고 그 위에서 관광객들이 손을 흔드는 모습이 보였다. 그 너머 거리에는 가면 축제를 즐기는 사람들이 그득했다. 아무리 봐도 머지않아 엄청난 폭풍이 몰아닥칠 도시의 모습처럼 보이지는 않았다.

문득 제나의 시선을 사로잡은 것이 있었다. 항구 한쪽에 자리 잡은 아주 큰 범선이었다. 지금 시대와는 전혀 어울리지 않는 오래된 배였다. 하지만 큰 돛이 3개나 달려 있었고, 특히 한가운데 있는 돛은 하늘을 찌를 듯이 높았다. 그 돛 꼭대기엔 파란 깃발이 꽂혀 있었는데, 가만 보니 금빛 사자의 모습이었다.

운행하는 배처럼 보이지는 않았고, 전시용으로 가져다 놓은 듯했다. 실제로 배 옆면에는 무슨 관광지에나 있을 법한 간판처럼 〈마파라미호를 체험하세요〉라고 쓰여 있었고, 돛대를 가로지른 활대에는 만국기와 베나로스 시를 상징하는 깃발이 걸려 있었다. 그러고 보니 범선의 갑판 난간 위에서 관광객들이 오가는 모습이 보였다.

루나 보트가 범선의 옆을 돌아 다시 좁은 수로로 들어갔다. 제나는 그쯤에서야 은파에게 물었다.

"그럼, 대체 33년 후에는 내가 왜 이곳에 온 거죠? 설마 그때도……?"

"아까 말했지만 2064년에도 바다의 늑대가 몰아쳐 왔어. 아주 어마어마한 해일을 몰고 왔지. 베나로스는 단 하루 만에 사실상 죽음의 도시가 됐어."

"뭐라고요? 이 어마어마한 도시가 단 하루 만에?"

"이유가 있었어. 네가 그랬잖아. 그 이전에 무슨 일이 있었다고. 33년 전에 몰아쳤던 바다의 늑대가 태풍처럼 회오리 모양으로 변한 게 원인이었을 거라고."

"내가요?"

"응. 그래서 33년 전에 찾아온 바다의 늑대만 막으면 베나로스의 침몰을 막을 수 있을지도 모른다고 했어."

"그래서 내가 그때보다 33년이나 더 과거인 지금 이곳으로 다시 왔다는 말이로군요?"

제나의 말에 은파가 고개를 끄덕였다. 말로는 이해가 되는데 여전히 이 모든 게 수수께끼 같았다. 이틀 후에 일어날, 그러나 어떻게 될지도 알 수 없는 그 어마어마한 참사를 막으려고 내가 이곳으로 다시 왔다? 그럼 하야로비도 그걸 알고 있었을 텐데 어째서 아무 말도 하지 않았을까?

제나는 자기도 모르게 고개를 저었다. 이런저런 생각이 머릿속에 가득한데 도무지 정리가 되지 않았다. 제나는 어떤 예시가 있나 싶어 한 번 더 물었다.

"지금 내가 무엇을 하느냐에 따라 33년 후에 일어날 베나로스의 침몰을 막을 수 있다는 건가요?"

그런데 이번에는 은파가 조금 심각한 표정으로 대답했다.

"아무리 시간 여행자라도 자연 현상을 막을 수는 없어."

"그럼……?"

"말했잖아. 우선 바다의 늑대가 태풍의 모습으로 변해 도시를 덮친 이유부터 찾아야겠지."

제나가 고개를 끄덕였다. 제나도 은파와 같은 생각이었다.

그때 제타가 손을 들어 보트 뒤편을 가리켰다. 거기 흰 가면이 우뚝 서 있었다. 그가 탄 루나 보트가 이쪽으로 빠르게 다가오고 있었다.

"가리온 아저씨, 팔색거미단이에요. 우릴 쫓아오고 있어요."

은파가 소리치자 노를 젓던 우락부락한 남자가 더 빠르게 노를 젓기 시작했다.

난데없이 팔색거미단은 또 뭐지?

루나 보트 위의 싸움

수염이 덥수룩한 아저씨는 힘차게 노를 저었고, 이마에 금세 땀이 맺혔다.

'빨리!'

제나는 입술을 깨물며 마음속으로 재촉했다.

그러나 제나의 바람과는 달리 흰 가면이 탄 보트는 더 바짝 다가왔다. 높이가 엇비슷한 흰색 건물들이 양옆으로 연달아 지나가고 곧이어 보트가 아치형 다리 밑을 막 통과하려던 순간, 하얗게 회칠한 건물 앞에서 보트의 앞머리가 한쪽으로 홱 돌아갔다.

보트는 파도에 휩쓸리듯 앞뒤로 춤을 추었다. 제나가 옆으로 쓰러졌지만, 은파가 재빨리 제나의 어깨를 추슬러 바로 앉혔다. 그사이 보트는 연신 춤을 추다가 마침내 제자리에서 한 바퀴를 핑그르르 돌았다.

"소용돌이야! 조심해!"

은파가 다급히 외쳤지만, 무얼 어떻게 해 볼 틈이 없었다. 은파의 말이 떨어지기가 무섭게 제나가 비명을 질렀다.

"으아아앗!"

그러고는 반사적으로 제타를 끌어안았다.

"제타! 고개 숙이고 엎드려."

그때 뒤따라오던 보트가 이쪽 보트의 꽁무니를 들이받았다. 제나는 중심을 잃고 다시 한쪽으로 휩쓸렸다. 건너편 뱃머리에 서 있던 흰 가면이 비틀거리면서 이쪽 보트로 넘어오려 하고 있었다.

때마침 보트가 둘 다 출렁하더니 흰 가면 역시 그 자리에 주저앉았다. 다행이었다.

"가리온 아저씨, 어떻게 좀 해 봐요!"

은파가 소리쳤다. 그 말이 신호라도 되듯, 가리온 아저씨는 왼쪽 오른쪽으로 노를 번갈아 저으며 보트의 앞머리를 본래 가던 쪽으로 돌려놓았지만, 결과적으로 두 대의 보트가 나란히 선 꼴이 되고 말았다.

어느새 옆으로 다가온 흰 가면은 이번에야말로 기회라는 듯, 이쪽 보트의 난간 위에 한 발을 올렸다.

"아얏! 안 돼!"

은파가 비명을 질렀다. 그 순간 제나가 벌떡 일어나 난간을 딛고 있는 흰 가면의 발목을 힘껏 걷어찼다.

"우어억!"

흰 가면이 비명을 지르며 자기 보트 쪽으로 나가떨어졌다.

하지만 곧바로 몸을 일으킨 흰 가면이 다시 한번 이쪽으로 다가왔다. 그래도 섣불리 달려들지는 않는 것으로 보아 조금 전보다는 확실히 조심하는 것 같았다. 보트가 소용돌이 위에서 돌고 있는 탓에 쉽지 않아 보였다. 그래서였을까. 잠시 후, 흰 가면이 품속에서 무언가를 꺼냈다.

칼이었다. 은빛 날이 유난히 반짝였다. 제나는 가슴이 철렁 내려앉았다. 은파는 겁에 질렸는지 주저앉았고, 제타는 뱃머리 쪽 구석에서 파르르 떨었다. 제나는 이 상황을 어떻게 헤쳐 나가면 좋을지 궁리했다.

그때 루나 보트를 바로잡으려고 안간힘을 쓰는 가리온 아저씨 옆에 놓여 있는 물건 하나가 눈에 들어왔다. 긴 줄에 가죽 주머니를 이어 만든 투석구였다.

아주 오래전 사냥꾼들이나 쓰던 물건이 왜……? 하지만 지금은 이것저것 가릴 때가 아니었다. 투석구의 주머니 안에는 주먹만 한 돌도 들어 있었다. 잘만 한다면 얼마든지 좋은 무기가 될 수 있었다.

제나는 재빨리 투석구를 말아 쥐고 휘둘렀다. 휘잉 소리가 났다. 흰 가면은 조금도 아랑곳하지 않고 다시 한 발을 이쪽 보트 난간에 올리며 손에 든 칼을 앞으로 쭉 내밀었다. 제나는 지체 없이 흰 가면의 손목을 겨냥해 투석구를 날렸다.

"따악!"

아주 경쾌한 소리를 내며 날아간 돌이 흰 가면의 손목을 때렸다. 흰 가면이 놓친 칼이 물속으로 퐁당 빠져 버렸다.

제나는 곧바로 돌려차기로 흰 가면의 다리를 걸어찼다. 헛방이었다.

보트가 크게 흔들리는 바람에 제나가 뒤로 벌렁 넘어졌고, 흰 가면도 자기 보트 쪽으로 쿵 넘어졌다.

때마침 제나 일행이 탄 보트가 가까스로 소용돌이를 빠져나왔다.

"됐어!"

은파가 안도하며 소리쳤다. 잔잔한 물길로 접어든 루나 보트는 빠른 속도로 미끄러져 나갔다.

"이젠 못 따라올 거야."

은파가 뒤쪽을 쳐다보며 혼잣말처럼 중얼거렸다. 제나도 뒤를 돌아보았다. 과연 흰 가면이 탄 루나 보트는 소용돌이에 갇혀 제자리를 맴돌고 있었다.

"한참 고생해야 할걸. 이 수로엔 소용돌이가 자주 생겨. 웬만한 실력으로는 저만한 소용돌이를 빠져나오기 어려워. 가리온 아저씨 말고는 힘들 거야. 이저씨는 세상의 모든 배를 다 타 보셨거든. 저기 저 배까지도."

은파는 마치 오랜 친구라도 되는 양 생긋 웃으며 말했다. 은파의 손이 가리킨 것은 조금 전 지나쳐 온 커다란 범선이었다. 건물에 가려 절반밖에 보이지 않았지만 새삼스레 배가 엄청 커 보였다.

제나는 대꾸할 기운이 없었다. 뒤로 넘어지는 바람에 엉덩이가 아팠고, 그게 아니라도 머릿속이 너무 복잡했다.

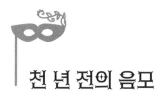

천 년 전의 음모

제3 연맹체의 반란

 루나 보트는 몇몇 골목 수로를 돌아서 낡은 건물 앞에 멈추었다. 한쪽 벽에는 벽돌이 군데군데 부서져 시커먼 구멍 몇 개가 보였다. 제나는 제타의 손을 잡고 보트에서 내려 은파 뒤를 따라갔다.

 은파는 낡은 건물 옆의 좁은 골목을 지나 널따란 거리로 나섰다. 상점과 호텔과 음식점들이 빼곡하게 들어선 거리였다. 사람들도 많아서 어수선하고 혼란스러웠다. 세 사람은 사람들 무리를 헤집고 큰 수로를 가로지르는 다리로 올랐다. 다리 한가운데에서 S자로 굽은 물길이 훤히 내려다보였다.

은파는 다리 반대편 끝, 계단식으로 늘어선 상점들을 지나 언덕 위 아이스크림 가게로 들어가 익숙한 듯 구석진 자리에 앉더니 이것저것을 주문했다. 제나는 참견하지 않았다. 머릿속이 뒤죽박죽이라 그럴 정신도 없었다.

제3 연맹체의 반란과 도피, 그리고 시간 여행은 고통스럽기는 했어도 또렷하게 기억할 수 있는 현실이었다. 그러나 은파를 만난 순간부터 모든 것이 뒤엉켰다. 그녀에게서 한꺼번에 너무 많은 사실—정말로 그 모든 것이 사실일까, 이를테면 33년 후에 베나로스를 다녀왔다는 것—을 알아 버렸지만, 그 때문에 어디서부터 뭘 어떻게 해야 할지 좀체 알 수가 없었다.

제타를 위해서라도 더 용기를 내야 하는데 도리어 두려움만 커졌다. 문득 엄마한테 묻고 싶어졌다. 이럴 때는 어떻게 해야 하느냐고.

엄마 생각을 하자 목이 메었다.

엄마 아빠는 어디로 갔을까? 산 자의 무덤으로 불리는 로물루마로 갔다는 게 정말 사실일까. 거기가 아무리 제3 연맹체의 암살자를 가장 손쉽게 피할 수 있는 곳이라 해도 잔혹한 죽음의 땅에서 어찌 견뎌 내고 있을까. 평균 섭씨 50도를 웃돈다는 폭염과 화재로 잿더미가 되어 버린, 생명의 싹이라고는 찾을 수 없다는 그곳으로 갔다는 건 살기 위해서가 아니었다.

제나는 알고 있었다. 엄마 아빠가 자신과 제타를 살리려고 갔다는 것을. 무엇보다 많은 사람을 그쪽으로 이끌어서 외부에서 보기에 제나와 제타도 그 무리에 섞여 있다는 신호를 주려고 했다는 것을. 사막과 황무지가 꽤 넓어서 적지 않은 병력이 필요했지만, 결국 더 많은 암살단 무리가 그쪽으로 몰려갔고 그 덕분에 제나와 제타가 몸을 피할 시간을 벌 수 있었다.

제나는 잠시 고개를 들어 하늘을 올려다보았다. 하늘은 구름 한 점 없이 파랬다. 바다 빛깔도 유난히 하늘처럼 파랬다.

"바다의 늑대가 불어오기 직전의 베나로스는 늘 이렇게 시리도록 파랬어. 옛날 사람들은 그걸 바다의 늑대가 이 도시를 노려보기 때문이라고 여겼지. 맑고 투명하면 할수록 거대한 폭풍이 몰려올 거랬어."

"……."

무슨 말을 하려는 걸까? 제나는 은파를 가만히 쳐다보았다. 은파가 낮은 숨을 내쉬더니 말을 이었다.

"……그리고 기후 위기! 사람들의 욕심이 더 큰 재난을 불러왔어. 바다의 늑대는 해가 지날수록 점점 더 거세졌으니까. 하지만 그것만으로는 설명이 되지 않아. 베나로스는 그렇게 약해빠진 도시가 아니거든. 물 위에 지어졌어도 천 년을 넘게 버틴 곳이야. 틀림없이 또 다른 이유가 있을 거야."

나중에는 숫제 혼잣말을 하는 것처럼 들렸다.

제나는 은파의 말에 자기도 모르게 입술을 깨물었다. 하야로비가 줄곧 주장하던 말과 하나도 다르지 않았기 때문이다. 그래서 고개를 끄덕이지도 못했지만, 반론도 제기할 수 없었다.

실제로 2050년이 지나면서 말도 안 되는 자연재해가 곳곳에서 일어났다. 지구 온난화로 베나로자 왕국의 도시 한쪽은 물에 잠겼고, 다른 쪽에서는 불볕더위와 혹한이 반복되었다. 곳곳이 황폐해지면서 곧바로 식량 부족 사태가 세상을 덮쳤다. 뒤를 이어 식량을 확보하기 위한 전쟁이 발발하자 엄청난 살상과 파괴가 일어났고 사람이 살 수 있는 땅은 점점 더 줄어들었다. 고통은 그것으로 끝이 아니었다.

2060년이 지나자 이번에는 바이러스가 세상 곳곳을 휩쓸어 불과 30년 만에 세계 인구가 절반으로 곤두박질쳤다. 자율 주행 자동차와 인공 지능을 비롯한 첨단 과학 기술로 완벽한 세상을 이루겠다던 인간의 꿈은 그저 신기루일 뿐, 발전은커녕 쇠퇴만을 거듭했다.

문제는, 그것으로도 끝이 아니었다는 점이다. 반란과 내전이 되풀이되면서 몇몇 곳에서 핵무기가 터졌다. 그 때문에 촘촘하던 전 세계의 통신망마저 완전히 끊겨 버렸다. 인터넷은 무용지물이 되었고, 사람들이 수십 년에 걸쳐 쌓아 온 디지털 데이터 역시 전혀 사용할 수 없었다.

2100년이 지나면서 과학 기술을 향한 불신이 깊어지자, 그 반작용으로 주술이 범람했다. 그 과정에서 수많은 나라가 공화정을 포기하고 왕정으로 복귀했다. 베나로자 왕국에 반기를 든 제3 연맹체의 반란도 바로 그 연장선에서 불거진 일이었다.

2140년 이후 베나로자 왕국 곳곳에서 끊임없이 반란이 일어났다. 사람들은 국가적 재난에 아무런 대응을 못 하는 정부를 탓했다. 변두리 지역에서는 왕국의 간섭을 거부하고 독자적으로 자급자족 생활을 시작했다.

그런데 하야로비와 몇몇 대신들이 다른 의견을 내어놓았다. 곳곳에서 일어난 재난과 재해는 자연의 변화 때문이 아니라 누군가 일부러 일으켰다는 것이었다. 그들은 베나로스의 침몰도 그중 하나라고 주장했지만, 그 말을 믿는 사람은 아무도 없었다. 하야로비는 시간의 터널로 제나를 밀어 넣으면서 자기 말이 옳다고 우겼다. 그러면서 베나로자 왕국을 되살리려면 과거로 돌아가 도시의 침몰을 막아야 한다며 제나를 다그쳤다.

그게 사실이라면, 이토록 어마어마한 일을 대체 누가 저질렀단 말인가?

팔색거미단의 정체

"그래서 33년 후의 나는 무언가를 찾았나요?"

제나는 복잡한 생각을 털어 내며 물었다.

"아니, 찾고 있다고 했지. 그 이상은 듣지 못했어. 더 많은 시간이 필요하다고 했지만, 바로 그때 사이렌이 울렸거든. 폭풍이 밀려온다고 대피하라는 사이렌 말이야."

"휴! 모든 게 나한테서 비롯되는군요. 그럼, 도대체 누가 바다의 늑대를 회오리로 바꾸었을까요? 33년 후의 내가 그 말은 하지 않던가요?"

"네가 한 말은 아니지만, 아마 짐작은 하고 있었을 거야. 나도 그렇고."

"……?"

"팔색거미단!"

제나가 의아한 듯 은파를 쳐다보았다. 아까 루나 보트에서도 들었던 이름이었다.

팔색거미단. 제나는 곧장 되묻지 않고, 그 이름을 몇 번이나 입속으로 되뇌었다. 그들이 누구인지는 알 수 없었지만, 은파의 말이 맞는다면 어쩌면 제3 연맹체의 암살자들과도 관련이 있겠다는 의심이 들었다.

"그래요? 그럼 말해 봐요. 팔색거미단은 어떤 사람들이죠?"

제나가 주먹을 꼭 쥐고 물었다.

"이방인들이야. 베나로스에 살지만, 베나로스 원주민은 아닌 사람들. 흔히 전설이라고 알고 있지만, 실제로 존재했던 비밀 집단……."

이렇게 답한 사람은 뜻밖에도 은파가 아니라 제타였다. 제나가 깜짝 놀라 고개를 돌려 제타를 쳐다보았다. 제타는 입 주변에 아이스크림이 묻은 줄도 모르고 헤헤 하고 웃었다. '나 잘했지?' 하는 표정이랄까. 제나는 재빨리 휴지를 꺼내 제타의 입 주변을 닦아 주었다.

옆에 있던 은파가 고개를 끄덕였다. 제타가 다시 기계적으로 말을 이었다.

"예로부터 베나로자 왕국 주변에는 여러 종족이 살면서 종종 베나로자 왕국에 도전해 왔어. 하지만 그들 중 누구도 뜻을 이루진 못했지. 전쟁에 패한 대가는 아주 참혹했어. 베나로자 병사들은 전쟁에서 잔인하기로 유명했거든. 그래야 다시는 자기들을 넘보지 못할 거라고 굳게 믿었으니까. 한번은 하슬라온이란 나라가 침공해 오자 그 나라의 수도를 공격해 시민들의 종교적 상징인 교회에까지 쳐들어가 제단을 마구 짓밟았어. 도시 곳곳을 약탈해 금은보화를 빼앗기도 했지. 그래서 돌아올 때는

320척이나 되는 배가 황금으로 가득했대. 그때 하슬라온의 수도에는 보름 동안이나 불이 꺼지지 않았고, 시체가 쌓여 산을 이루었대."

"그래, 알았어. 하지만 제타, 내가 알고 싶은 건 그게 아니야."

제타의 말을 가만히 듣고 있던 제나가 손을 내저었다. 아는 것이 있으면 무엇이든 뱉어 놓는 아이라는 걸 모르지 않았지만, 지금은 제타가 하는 이야기를 맥없이 듣고 있을 때가 아니었다.

그런데 은파가 그런 제나를 가로막았다. 손을 들어 보이며 고개를 가로젓더니 제타에게는 머리를 끄덕였다. 계속해 보라는 뜻이었다. 제타가 다시 말을 이었다.

"겨우 목숨을 건진 이방의 종족들은 눈물을 흘리며 복수를 다짐했어. 아비 잃은 소년, 아내 잃은 남편, 그리고 가족 전부를 잃은 소녀도 모였지. 한 사제가 그들 앞에서 말했어. '원수의 나라 베나로스를 물속에 영원히 잠기게 하리라! 백 년이 걸리고 천 년이 걸리더라도 땅 위에 흔적도 없이 사라지게 할 것이다! 나의 후손들아, 대대손손 베나로스에 복수하라!' 이 외침은 대를 이어 후대로 전해졌어. 당시 베나로자 왕국의 수도가 베나로스였거든."

"그러니까 그들이 팔색거미단의 시초가 되었다? 전쟁에 패하고 잔인하게 짓밟혔던 종족들이?"

제나가 반사적으로 되묻자 제타와 은파가 약속이나 한 듯 동시에 고개를 끄덕였다. 조금은 어처구니없는 이야기로 들렸지만, 제나는 더 들어 보기로 했다.

"그래서?"

제나가 짧게 물었다.

그때 종업원이 와서 아이스크림과 샌드위치를 테이블 위에 올려놓았다. 그걸 보자마자 제타가 달려들었다.

"제타……."

"아니야. 내가 말해 줄게."

제나의 조급한 마음을 안다는 듯 은파가 대신 말을 이어 나갔다.

"복수를 다짐한 이방의 종족들은 하나 혹은 둘씩, 때로는 가족 단위로, 아니면 더 큰 무리를 지어 베나로스로 이주했어. 베나로스에 들어와서는 장사꾼이 되거나 어부가 되었지. 그런가 하면 유리 만드는 장인이나 가면 만드는 기술자가 되어 숨어 살기도 했어. 그들 중 일부는 돈을 벌어서, 아니면 술수를 써서 베나로스의 관리가 되기도 했어."

"내가 궁금한 건 침투한 이방의 종족들이 무얼 했느냐는 거예요. 베나로스를 영원히 물속으로 가라앉히려고……."

제나는 답답한 마음에 은파의 말을 끊고 물었다. 은파가 곧 바로 대답했다.

"팔색거미단은 베나로스가 아주 특별한 도시라는 것을 알아냈어."

"특별하다?"

"베나로스가 바로 물의 도시라는 것……."

제나는 어느새 은파의 말에 귀를 기울이고 있었다.

"베나로스에 비밀리에 들어온 이방의 종족들은 은밀히 팔색거미단을 만들고 그 수를 점점 늘려나갔지. 그러고는 결국 모두 힘을 합하면 베나로스를 한 번에 침몰시킬 수 있다는 사실을 알아냈어. 그게 뭘 것 같아?"

"이를테면 물로……? 설마!"

제나의 말을 어떻게 받아들인 건지 은파의 표정이 굳었다.

"어마어마한 폭풍이라면 가능하지 않을까? 회오리 모양의 인공 파도처럼 말이야. 회오리라면 그냥 몰려오는 파도보다 수십 배 이상의 에너지를 가지니까."

"네에?"

제나는 자기도 모르게 소리쳤다. 생각지도 못한 방향으로 이야기가 맞아떨어졌다. 그런 제나의 마음을 꿰뚫었는지 은파가 물었다.

"너도 그렇게 생각하는 거지?"

"팔색거미단이 회오리 모양의 인공 파도를 만들었다고 말하려는 거죠?"

"그래. 그리고 바로 이틀 후면 그 일이 실제로 일어난다는 말이야."

"이틀 후라고요?"

"응, 이틀."

은파는 제나의 말을 강조하듯 되뇌었다. 제나가 아무 말도 하지 못하자 은파가 다시 말을 이었다.

"그래서 33년 후의 네가 나에게 33년 전으로 돌아가서 너를 다시 만나라고 한 것이겠지."

"……?"

제나는 은파의 얼굴을 쳐다보기만 할 뿐 이번에도 대꾸하지 못했다.

수상한 가면

"제타, 너는 이 모든 걸 어떻게 알았어?"

"베나로자왕립도서관 특별자료실. 제3 구역. 12서가 Z열에 있어."

제나의 물음에 제타가 씩 웃으면서 대답했다. 제타의 대답을 듣는 순간 제나는 자기도 모르게 아아, 하고 신음을 내뱉었다.

어딘지 알 것 같았다. 제3 구역은 베나로자에 단 하나밖에 없는 종이책 도서관이었다. 세상의 모든 자료가 디지털화되었지만, 그곳의 자료만큼은 문화유산 보존 차원에서 종이책으로 남겨 둔 곳이었다. 지하 12층 규모의 방대한 도서관에는 천 년, 아니 그보다 훨씬 더 오래전에 만들어진 책들까지 고스란히 보관되어 있었다. 제타는 오로지 그곳에서만 놀았다.

제나는 제타가 보통 아이들과 다르다는 걸 그 애가 다섯 살 무렵에 알게 되었다.

제타는 먹는 것 말고는 옷도 제대로 입을 줄 몰랐고, 혼자 놔두면 그 자리에서 12시간 동안이나 꼼짝도 하지 않았다. 슬퍼할 줄도 기뻐할 줄도 몰랐다. 스스로 할 줄 아는 게 아무것도 없다고 해도 틀린 말이 아니었다. 제타는 늘 같은 표정이었고 말은 거의 하지 않았다. 게다가 외부의 어떤 충격에도 대부분 반응하지 않았다. 가까운 사이가 아니라면 누가 무얼 물어도 대답조차 하지 않았다. 그래서 왕궁에서 탈출한 뒤에도 한동안 입을 열지 않았다. 도망 다니며 몇 달을 함께 지내지 않았다면 제타는 아마 제나를 남 보듯 했을 터였다.

다만 특이한 건 그런 와중에도 자기가 아는 내용이 나오면 문서 번호까지 기억해서 주저리주저리 떠벌린다는 점이었다.

왕실 주치의는 제타가 아주 특별한 자폐증이라고 했다.

"22세기까지도 발견되지 않은 증상이 있습니다. 뇌 구조 이상으로 정상적인 생활이 불가능하다는 점은 보통의 자폐증이나 다를 게 없는데, 뇌의 특정 능력은 보통 사람의 열 배가 넘습니다. 이를테면 무언가 작정하고 읽은 것, 본 것에 관한 기억력 같은 것들 말입니다."

그런 제타가 유일하게 관심을 보이는 것이 책이었다. 다섯 살 무렵 처음 도서관에 발을 들인 후로 제타는 5년 동안 줄곧 그 안에서만 지냈다. 12층을 오르내리면서 무슨 책이든 꺼내 읽고 기억했다. 읽는 속도도 아주 빨랐고, 주치의의 말대로 내용을 정확하게 기억해 쏟아 내곤 했다. 그즈음에는 하야로비가 제타를 돌봐 주었는데, 둘은 내내 도서관에 처박혀 책을 읽었고 서로 뭔가 이야기를 주고받았다. 그럴 때면 제타의 눈이 반짝반짝 빛났고 다른 아이들과 전혀 다를 게 없어 보였다. 하지만 돌아서면 다시 아무것도 할 줄 모르는 '아픈 아이'였다.

'제타를 지켜다오.'

제3 별궁에서 별꽃 펜던트를 목에 걸어 주며 엄마가 마지막으로 남긴 말이 아직도 제나의 머릿속에 생생했다.

그때 문득 은파가 제나의 팔을 흔들었다.

"여기서 나가야 할 것 같아."

은파가 의자에서 벌떡 일어서며 창문 너머 아래쪽 계단을 가리켰다. 거기에 흰 가면이 와 있었다. 더구나 이번에는 하나가 아니라 셋이었다. 그들은 이리저리 둘러보면서 이쪽으로 올라오고 있었다.

제나는 방금 아이스크림을 다 먹고서 양손을 쪽쪽 빨고 있는 제타를 다급히 일으켰다.

"제타, 어서 여기서 나가야 해."

제나는 은파를 따라 맞은편 상가로 갔다. 제타를 먼저 들여보내고 막 뒤따라가려는 순간, 흰 가면 하나가 이쪽을 빤히 보고 있었다.

"흰 가면이 나를 봤어. 얼른 숨어야 해."

제나는 은파에게 소리치며 사방을 살폈다. 상점은 꽤 넓었고 파는 물건도 엄청났다. 그곳은 온갖 유리 공예 제품을 비롯해 가면과 옷, 각종 장신구와 모자에 이르기까지, 다양한 물건을 파는 고만고만한 가게들이 한데 얽혀 있는 복합 상가였다. 사람들도 적지 않아서 제법 혼잡했다.

은파는 사람들을 헤치며 거의 일직선으로 걸어갔다. 그 뒤를 따르면서 상가 중간에서 뒤를 돌아보니 흰 가면들이 막 상가로 들어서고 있었다.

"서둘러! 놈들이 거의 다 따라왔어."

제나는 다급하게 말했다. 그 소리를 들었는지 알 수 없었지만, 은파가 곧바로 도시 이름이 적힌 티셔츠 파는 가게에서 오른쪽으로 돌고, 다시 접시와 유리잔을 파는 가게 앞에선 왼쪽으로 방향을 틀었다. 그런 다음 유리로 된 동물 미니어처가 가득한 가게 안으로 들어갔다가 반대편 출구로 빠져나갔다. 너무 어지러웠고 정신이 하나도 없었다.

그런데 은파가 갑자기 우뚝 멈춰 섰다.

"왜……?"

세 명의 흰 가면이 각각 다른 방향에서 그들을 향해 빠르게 다가오고 있었다.

"이쪽이야!"

은파가 외치며 스카프가 잔뜩 걸려 있는 상점의 왼쪽으로 걸어갔다. 행인들과 여러 번 부딪치는 통에 소리를 지르는 사람도 있었다. 제나는 더는 빠져나갈 곳이 없음을 직감했다. 막다른 길에 몰린 꼴이 되고 만 것이다.

그걸 아는지 모르는지 은파가 불쑥 여자 화장실로 들어가면서 제타까지 끌어당겼다. 노랑머리 아줌마가 몹시 탐탁지 않다는 듯 제타를 위아래로 훑어보면서 화장실 밖으로 나갔다.

"어쩌려고요. 여기 숨어 있겠다는 거예요? 우리가 이리로 들어온 걸 저들이 다 알고 있다고요."

은파는 제나의 말을 듣는 둥 마는 둥 했다. 그러고는 허리춤에 멘 가방에서 은은한 붉은빛이 도는 은색 가면을 꺼내 하나씩 건넸다.

"어서 써!"

"이걸 왜요? 지금 축제라도 즐기자는 거예요? 이걸 쓴다고 저들이 우리를 못 알아볼 것 같아요?"

"응. 일단 써. 그리고 나를 따라와. 어서 시키는 대로 해."

은파가 잔뜩 긴장한 얼굴로 말했다.

하는 수 없었다. 제나는 은파가 내민 가면을 썼다. 그런데 느낌이 이상했다. 가면이 얼굴을 꽉 움켜쥐는 느낌이랄까. 가면이 얼굴에 닿는 찰나, 느닷없이 느껴지는 뜨거운 기운이 뺨과 코끝, 턱 아래까지 퍼져 나갔다. 그러고는 가면이 꼭 살아 움직이듯 꿈틀대더니 이내 피부에 착 달라붙었다. 잠깐 사이에 가면이 마치 본래 얼굴이었던 것처럼 느껴졌다.

제나는 얼른 화장실에 걸린 거울에 비춰 보았다.

'헉!'

거울 속에는 족히 스물대여섯 살은 되어 보이는 낯선 여자의 얼굴이 들어 있었다. 제나의 얼굴은 어디에도 없었다.

"이, 이게 어떻게 된 일이지?"

반사적으로 물으며 은파를 쳐다본 순간, 제나는 또 한 번 놀랐다.

은파는 온데간데없고 짙은 흑색 머리칼에 빨간 립스틱을 바른 아주 발랄한 소녀가 서 있었다. 제나와 눈이 마주치자 은파는 턱짓으로 제타를 가리켰다.

제나는 얼른 제타에게도 가면을 씌워 주었다.

제타는 어느새 희디흰 피부의 작은 남자아이로 바뀌어 있었다. 입고 있던 옷으로 봐선 틀림없이 제타인데 얼굴은 전혀 다른 아이였다.

"설명은 나중에 할게. 자, 넌 이걸 걸쳐!"

은파는 누군가 볼일을 보러 들어가면서 화장실 한쪽 벽에 걸쳐 둔 외투를 집어 들어 제나에게 던졌다. 그리고 자기가 입고 있던 외투를 제타에게 걸쳐 주었다. 그러고는 먼저 밖으로 나가 화장실 바로 앞 옷 가게 진열대에서 흰색 티셔츠 하나를 슬쩍 집어 자기 어깨에 둘렀다.

바로 그때 흰 가면이 코앞에 와 있었다. 깜짝 놀란 제나가 멈칫했지만 은파가 재빨리 잡아당겼다. 은파는 유유히 그의 앞을 지나갔고, 제나와 제타도 흰 가면을 스쳐 지나갔다. 그러자마자 또 다른 흰 가면이 앞쪽에서 걸어왔다. 이번에도 당황했지만 은파처럼 자연스레 그 옆으로 지나갔다. 그도 제나를 알아보지 못했다. 사방을 두리번거리는 그의 목덜미에 팔색거미 문신이 선명하게 새겨져 있었다. 그 문신을 보는 순간 제나는 숨이 막힐 듯한 긴장감으로 손끝이 떨렸다.

제나는 서둘러 걷다가 반대편 출입구에 이르러서야 슬쩍 뒤를 돌아보았다. 화장실 앞에 세 명의 흰 가면이 뒤엉켜 있었다.

"이제 뛰어!"

은파가 소리쳤다. 그러고는 자신이 걸쳤던 티셔츠와 제나가 걸쳤던 외투를 던져 놓고 냅다 내달렸다. 제나도 제타의 손을 잡고 숨이 턱에 닿을 때까지 은파를 따라 달렸다.

위험한 미래

또 다른 시간 여행자

수상 버스는 물결을 가르며 앞으로 나아갔다. 버스가 어디로 가는지도 궁금했지만, 그보다는 가면이 더 궁금했다.

"은파, 이게 어떻게 된 거예요?"

"할아버지가 만든 영혼의 가면이야. 수많은 사람의 영혼이 깃든 가면이랄까? 가면 만드는 장인이셨던 할아버지가 내게 남긴 유일한 유산이지. 쓸 때마다 바깥으로 다른 영혼의 얼굴이 드러나."

제나는 무슨 말을 해야 할지 몰라 입을 뗄 수가 없었다.

제나는 수상 버스 옆 난간에서 하늘을 향해 두 팔을 벌리고 서 있는 제타를 가만히 바라보았다. 갈매기들이 제타의 손끝으로 다가왔다가 멀어지기를 반복했다. 관광객들이 던져 주는 과자 부스러기 때문인지, 열댓 마리의 갈매기가 계속해서 수상 버스를 따라다녔다. 그런 탓에 배 뒤편이 유난히 소란스러웠다.

제나는 천천히 다가가 뒤에서 가만히 제타를 끌어안았다. 그러고는 속으로 말했다.

'무사해서 다행이야.'

제나의 마음을 아는지 모르는지 제타는 그저 새들에게 손짓만 하고 있었다.

은파가 제나에게 다가와 말을 걸었다.

"아까 미처 말하지 못한 게 있어."

제나가 은파를 돌아보았다. '그게 뭐죠?'라고 묻는 표정으로. 잠시 망설이던 은파는 드높은 하늘을 올려다본 다음 다시 고개를 돌려 뒤를 돌아보고 나서야 입을 열었다.

"네가 33년 후의 이곳에 왔을 때…… 그러니까 넌 혼자서 2151년으로 되돌아갔어."

목소리 톤이 낮아서 제나는 다른 때보다 더 귀 기울여 들어야 했다. 다 듣고 나서도 얼마간은 그 말뜻을 온전히 헤아리기 어려웠다. 그래서 저도 모르게 고개를 갸웃거리며 은파의 말을 되새겼지만, 결국 무슨 뜻인지 알아차릴 수 없었다. 제나는 은파를 쳐다보았다.

"혼자라니요?"

"말 그대로야. 넌 혼자 돌아갔어."

"그 말은 결국 33년 후, 그러니까 첫 번째 시간 여행 때 제타가……."

은파가 고개를 끄덕였다. 하지만 제나는 고개를 저었다.

"말도 안 돼요. 지금 제타는 여기에 나랑 같이 있잖아요."

"알아. 그래서 더 위험하다는 거야. 너는 그때, 제타를 되살리려고 2151년으로 되돌아갔다가 제타가 물에 빠지기 전으로 다시 갔어. 그리고 제타를 구한 거야."

"네? 그게 무슨 말이에요?"

"그런데 중요한 건 똑같은 일이 반복될 수 있다는 거야. 그것 또한 시간의 역류 현상 때문에 생기는 일이야."

알 수 없는 말이었다.

은파가 다시 말했다.

"사고가 있었어. 너는 회오리 모양의 거센 파도가 어느 곳을 향하는지 찾고 있다고 했지. 하지만 그걸 찾기도 전에 너희들이 탄 배가 뒤집혔……."

"그, 그만해요!"

제나가 고개를 세차게 저으며 소리치고는 제타를 꽉 끌어안았다. 제타는 영문도 모른 채 제나의 품에서 벗어나려고 몸부림을 쳤다.

"숨 막혀!"

제나가 잽싸게 제타를 놓아주고는 숨을 돌리며 은파에게 물었다.

"배가 뒤집혔다고요? 폭풍이라도 만났나요?"

"아니, 팔색거미단과 물 위에서 싸웠어."

"하아! 도대체 그 사람들이 왜 우리를……."

"그들은 진작부터 우리가 자기들 일을 방해하리란 걸 알았던 거야."

제나가 머뭇거리며 말끝을 흐리자 은파는 마치 대답이라도 하듯 말을 이어 나갔다. 제나는 은파의 말에 문득 떠오르는 것이 있었다.

"지금까지 한 말로 보면, 팔색거미단은 아주 오래전부터 있었고 은파는 그에 관해 아주 잘 알고 있군요. 그들에 관해서는 누구한테 들었죠?"

"팔색거미단 이야기는 할아버지에게서 들었어."

"할아버지라니요?"

"팔색거미단의 음모를 처음 알아낸 분이 우리 할아버지셔."

"네? 언제 음모를 알았는데요?"

"팔색거미단이 처음 베나로스에 발을 디딘 후 얼마 지나지 않아서……. 내 기억으로는 하슬라온과의 전쟁이 끝나고 백 년쯤 지나서였을 거야."

제나는 자기도 모르게 이마를 찡그렸다.

"자, 잠깐만요. 그럼 당신은 나처럼 미래에서 온 게 아니라 과거에서 온 거예요?"

은파가 천천히 고개를 끄덕였다. 제나는 그제야 은파의 차림새며 모습이 왜 지금 사람들과 다른지 알 것 같았다. 제나의 머릿속이 더 혼란스러워졌다.

"할아버지가 그에 관한 실마리를 찾은 것 같았어. 팔색거미단 말이야."

"할아버지께서 무언가를 남겨 놓으셨나요?"

"일단 내려! 갈 데가 있어."

은파가 대답 대신 몸을 돌렸을 때 마침 수상 버스가 선착장에 도착했다.

순례자의 집

수상 버스에서 내린 은파는 넓은 길을 따라 걷다가 유리 공예 상점이 빼곡하게 늘어선 길을 따라갔다. 이어서 어느 건물 밑으로 난 터널을 지나자 아까 흰 가면들에게 쫓길 때 만났던 것과 비슷한 모양의 수로가 나타났다. 수로를 건너는 다리 앞에서 왼쪽으로 돌자 온갖 상점이 줄줄이 늘어선 골목이 나왔다. 골목 안에는 수많은 유리 가게와 가면 파는 집, 기념품 상점과 작은 식당들이 다닥다닥 붙어 있었다. 은파는 오래되어 보이는 가면 가게 안으로 들어갔다.

가게 안에 앉아 있던 백발의 노파는 은파를 보더니 씩 웃었다. 그녀는 새까만 깃털이 북슬북슬한 가면을 손질하고 있었다. 은파는 노파에게 다가가 볼 인사를 하고는 바로 옆에 나 있는 계단을 따라 올라갔다.

2층에 오르자 가장 먼저 눈에 뜨인 것은 한쪽 벽면을 빼곡히 채운 가면이었다. 길거리에서 사람들이 쓰고 다니던 것과는 다른, 수없이 많은 종류의 가면이 걸려 있었다. 눈에 유난히 큰 구멍을 뚫어 놓은 가면부터 노란색 깃털이 사방으로 삐죽삐죽 솟은 노란 나비 가면, 고양이 가면, 새 부리 가면…… . 제타는 가면들을 구경하느라 정신이 없었다.

반대편 벽에 걸린 날개 달린 사자 그림은 카펫처럼 실로 뜬 것 같았다. 실내를 쭉 훑어본 제나는 정면에 있는 널따란 창 쪽으로 다가갔다. 밖에는 넓지 않은 아담한 발코니가 있었다.

제나는 발코니로 한 걸음 나섰다. 하늘을 뒤덮은 흰 구름과 잿빛 구름이 빠르게 지나가고 있었다. 태양이 구름 뒤에 숨어 햇무리를 만든 탓인지 아까보다 사위가 더 어둑어둑했다.

"여기가 어딘지 알겠어?"

뒤편에서 다가온 은파가 물었다. 제나는 대답하지 못했다.

"너와 내가 처음 만났던 곳이야. 우리가 숨었던 곳은 저 안쪽! 33년 후에는 여기도 물에 잠겼지."

은파는 날개 달린 사자 그림이 걸린 벽 옆쪽 문을 가리켰다. 반쯤 열린 문 너머로 침대와 테이블이 보였다. 33년 후의 일을 과거처럼 말하는 것이 이젠 그다지 낯설지 않았다.

"순례자의 집?"

제나는 문득 기억이 떠올라 짧게 되물었다.

"맞아. 아주 오래전에도 이곳 1층은 가면 파는 상점이었어. 할아버지는 여기서 가면을 만들었고. 위층은 말 그대로 순례자들을 위한 숙소였어. 어디서 왔는지 알 수 없는 수없이 많은 여행자가 이곳을 거쳐 갔지."

"......?"

"베나로스를 무너뜨리려는 자들이 있었지만, 그들의 음모를 알아채고 베나로스를 지키려는 사람들도 있었어. 바로 할아버지가 그랬지. 순례자의 집을 드나들던 수많은 사람을 통해서 팔색거미단의 존재를 알게 된 뒤로 그들의 비밀을 캐기 시작한 거야. 팔색거미단 역시 할아버지가 자신들의 비밀을 캐내려 한다는 걸 눈치챘어. 심지어 자기들의 정체가 드러날까 봐 두려운 나머지 베나로스 관리들을 매수해 할아버지를 감옥에 가두기도 했지. 그래도 할아버지는 멈추지 않았고 마침내 무언가를 알아냈어."

은파의 목소리가 조금씩 떨리고 있었다. 덩달아 긴장한 제나가 되물었다.

"그게 뭔데요?"

"그게 뭔지는 알 수 없어."

"네?"

"다만 자기들 계획에 문제가 생길 걸 우려한 팔색거미단이 할아버지를 해치기로 마음먹었다는 것만은 분명해. 그들은 오늘 아침처럼 안개가 자욱했던 어느 날 새벽, 암살단을 이곳으로 보냈어. 암살단이 들이닥치기 직전, 할아버지가 바로 이 창 앞에서 나에게 말했지.

'얼른 달아나거라. 저 창으로 뛰어내려. 가리온이 밑에서 루나 보트를 타고 기다릴 거야. 그가 시간을 뛰어넘어 너를 아주 먼 미래로 데려다줄 거다. 일단 도망쳤다가 널 도와줄 사람이 생기면 그와 함께 다시 나를 찾아오너라. 알았지? 꼭 그래야 한다, 꼭! 내 말 명심해!' 그 말이 끝나기가 무섭게 팔색거미단이 들이닥쳤어. 지금 네가 서 있는 발코니가 그날 내가 뛰어내렸던 곳이야."

제나는 가만히 서서 바깥을 내다보았다.

발코니 아래쪽에서는 2층짜리 수상 버스와 수상 택시, 곤돌라와 물건을 가득 실은 보트가 연신 오가고 있었다. 그 모습을 내려다보는 동안, 은파가 했던 말들이 머릿속에서 하나하나 되살아났다가 사라졌다.

제나가 숨을 깊이 들이쉬었다 내쉰 다음 물었다.

"할아버지는 어찌 되셨죠? 그리고 할아버지가 말한 그, '도와줄 사람'이란……?"

제나가 연이어 물었다. 은파가 알 수 없는 미소를 지으며 낮은 목소리로 말했다.

"할아버지를 본 건 그날이 마지막이었어. 그리고 도와줄 사람은……."

뒷말을 흐리던 은파가 제나를 똑바로 바라보며 고개를 끄덕였다. 혹시나 했던 제나는 뒷머리가 서늘해졌다.

'왜 하필 나죠?'

그렇게 묻고 싶었지만 그만두었다.

하야로비의 예언

금방 해가 지고 어둠이 내렸다.

저녁을 먹은 뒤에 제나는 은파가 마지막으로 몸을 던졌다는 발코니로 나와 어둠에 잠긴 베나로스 시내와 수로를 바라보았다. 이따금 사자 울음소리가 환청으로 들렸다. 그 소리는 물결 너머 어딘가에서 들려오기 시작해서 높은 하늘에 걸린 보름달 쪽에서 잦아들었다. 여기저기 다니며 보고 또 보아도 베나로스는 정말로 기묘한 도시라는 인상을 지울 수가 없었다. 물과 가면과 유리와…….

제나는 골똘히 생각했다.

'정말 내가 이곳에 왔었을까? 그게 사실이라면, 하야로비는 대체 언제 나를 이곳에 보냈던 걸까? 나는 줄곧 오빠들을 따라다니며 '병사놀이'를 하느라 바빴는데…….'

말 그대로 제나는 10살부터 16살이 될 때까지 왕실 경호 대원들과 함께 훈련받았고, 그 강도는 보통 어른의 훈련과도 별반 다르지 않았다. 창과 칼 같은 고전적인 무기를 다루는 방법이며 격투기에 이르기까지 익히지 않은 것이 없었다. 혹한 지역 생존 훈련은 물론이고 무인도에서 7일 동안 살아남는 방법까지. 힘들어도 견뎠다. 오로지 훈련에만 몰입했고 다른 것은 아무것도 머릿속에 담지 않았다. 그래야 살 수 있었으니까.

그런데 내가 다른 어떤 일에 휘말린 걸까? 그것도 나조차 모르는 사이에!

제나는 머리를 흔들며 발코니 한쪽에 놓여 있던 의자에 털썩 주저앉았다. 그러고는 하야로비의 얼굴을 떠올렸다. 그녀가 했던 말까지도.

"베나로스가 물에 잠긴 것은 자연재해 탓이 아닙니다. 도시에 저주를 퍼붓는 자들의 음모입니다. 과거로 돌아가 바로잡지 않으면 베나로자 왕국은 종말을 맞이할 것입니다."

하야로비는 왕실의 오래된 예언가 가문의 사람으로, 거듭 이런 충고를 했다. 그러나 과학자들은 모두 베나로스의 침몰이 오래전부터 진행된 지반 침하와 지구 온난화, 그리고 바다의 늑대가 불어올 때마다 밀어닥친 해일 때문이라고 주장했다. 왕실에서는 하야로비가 잘못된 예언으로 민심을 혼란스럽게 한다는 죄목으로 궁궐에서 쫓아냈다. 엄마의 구원으로 결국 다시 궁으로 돌아올 수 있었지만, 제사장의 권한을 빼앗기고 대신 제타의 보모가 되었다.

베나로자의 불행은 거기서 멈추지 않았다. 고대 유적이 즐비한 베나로자 왕국 제2의 도시 로물루마에 대화재가 일어나 도시 삼분의 이가 잿더미가 되어 버려지고 말았다. 연이어 제3의 도시 그라다다에 100일 동안이나 혹한이 몰아닥쳤다. 혹한이 끝나자마자 이번에는 도시를 병풍처럼 감싸고 있던 산맥의 만년설이 녹아내리면서 홍수가 터졌고 알 수 없는 바이러스까지 도시를 뒤덮었다.

하야로비는 로물루마의 대화재 역시 자연재해가 아니며 그라다다의 혹한과 바이러스도 누군가의 음모라고 주장했다.

당연히 그 말을 믿는 사람은 없었다. 실제로 로물루마는 이미 오래전부터 기후 변화에 큰 영향을 받아 왔고, 무엇보다 대화재가 발생하기 7년 전부터는 북부 지역마저 섭씨 50도를 넘나드는 폭염이 이어졌다. 그렇기에 누구도 하야로비의 주장을 긍정적으로 받아들이지 않았다.

그보다 더 큰 문제는 이 지역 사람들이 베나로자 왕국에 등을 돌렸다는 사실이었다. 그들은 왕국을 원망하다가 결국 배신했다. 반정부 세력이 급격히 늘어났는데 바로 그 중심에 세 개의 가문이 있었다. 그들 모두 예전부터 베나로자 왕국 주변을 떠돌던 이방 민족이었다. 제3 연맹체로 불렸던 그들의 반란이 끝내 베나로자 왕국의 몰락을 불러왔다.

이제야 알 것 같았다. 그 이방 민족 중 하나가 바로 팔색거미단이자 추적자이며, 반란 세력이자 제3 연맹체라는 뜻이었다.

하야로비는 왕국을 지키려면 베나로스의 침몰부터 막아야

한다고 했다. 그래서 위험을 무릅쓰고 피의 산맥과 죽음의 계곡, 고통의 숲을 차례로 지났다. 시간 너머로 여행할 수 있는 유일한 출구를 찾기 위해서였다. 그것이 바로 시간의 터널이었다.

그러나 희생이 너무 컸다. 세 곳을 지나는 동안 호위하며 따라온 왕실 경비대 최정예 병사 100명 중 85명이 목숨을 잃었다. 전사자 절반은 그곳의 혹독한 환경을 견뎌 내지 못했고, 나머지 절반은 제3 연맹체가 보낸 암살자들의 손에 잔인하게 살해되었다.

'그들 모두 나와 제타를 지키기 위해 목숨을 내놓은 것이나 다름없었구나. 그래, 어쩌면 그들을 위해서라도 베나로스를 지켜야 하는 건지도 모르겠다.'

제나는 그런 생각에 이르자 가슴이 너무 아팠다. 그때 뒤쪽에서 인기척이 들렸다.

시간을 건너온 배

제나는 숨을 크게 한번 몰아쉬고 천천히 뒤를 돌아보았다. 은파가 다가오고 있었다.

"저기 저 배……, 기억나?"

제나는 낮에 보았던 커다란 범선이라는 걸 이내 깨달았다. 흰 돛에 만국기까지 펄럭이던 모습이 떠올랐다.

"낮에 봤어요. 마파라미호라고 했던 것 같아요."

"맞아. 베나로스 사람들이 바로 저 배를 타고 주변 나라와 싸웠지. 가리온 아저씨도 저 배를 탔었고. 물론 지금은 그저 폐선일 뿐이지만."

"저 배가 그때 그 배라고요? 그 당시 탔던 배가 지금까지 남아 있다는 거네요?"

좀 의외의 사실이라서 제나가 되물었다.

"맞아. 큰일이 있을 때마다 훼손되었지만 다시 복원했지. 지금도 운행할 수 있대. 아, 맞다. 33년 후에 네가 왔을 때는 폭풍이 휘몰아쳐서 저 배가 절반은 부서진 채로 바람을 타고 둥둥 떠다녔어."

"설마……."

"사실이야. 그리고 저 배는 지금도 일 년에 딱 한 번, 베나로스 도시 탄생 기념일에만 너른 바다로 나가 한 시간 정도 시범 운행을 한대. 그때마다 사람들은 배가 수백 년의 시간을 건너왔다고 말하지."

"시간을 건너왔다고요?"

"그래, 시간 여행자처럼 말이야."

믿기지는 않았지만, 제나는 저도 모르게 고개를 끄덕였다.

잠시 말이 끊겼다. 은파의 숨소리가 낮아졌다. 한참 동안 창밖을 내다보던 은파가 이윽고 다시 입을 열었다.

"이제 할아버지를 만나러 가야 해. 할아버지가 알아낸 게 뭔지 물어봐야지."

마치 약속이라도 한 것처럼 말하는 은파를 제나가 빤히 쳐다보았다. 은파의 어깨너머로 보이는 벽시계는 이미 밤 11시를 지나고 있었다. 도대체 이 시간에 무슨 수로 할아버지를 보러 간단 말인가?

제나의 마음을 읽었는지 은파가 말했다.

"곧 축제가 열릴 거야. 이곳에서 멀지 않은 곳이야."

"무슨 말을 하는 거예요? 축제라니요?"

"이 도시에서 가면 축제가 열리면 영혼들의 축제도 함께 열려. 특히 오늘처럼 보름달이 뜬 밤에는 더 많은 영혼이 축제에 초대된대."

제나는 아무 말도 하지 못했다. 말 그대로 유령을 만나러 간다는 소리가 아닌가. 제나의 이런 마음을 아는지 모르는지 은파가 살짝 미소 지으며 말했다.

"저 달빛을 봐. 더구나 내일부터는 바다의 늑대가 베나로스를 덮칠 거야. 세상의 모든 신비로운 기운이 이곳으로 모인다는 뜻이야.”

“……?”

“그래, 믿기 어렵겠지. 하지만 우리가 모르는 세계가 분명 존재하고, 지금도 이해할 수 없는 일들이 곳곳에서 일어나고 있어. 일단 가 보면 알아.”

제나는 잠시 망설였다. 뒤로 물러설 수 없다는 걸 알면서도 선뜻 발걸음이 떨어지지 않았다.

잠깐 고개를 들어 달을 쳐다보았다. 달은 구름에 살짝 걸쳐 있었다. 그래서인지 파란빛이 감돌았다. 물에 번진 달빛은 황금빛이었다. 그런데 방금 은파가 한 말 때문일까. 눈에 보이는 모든 것이 예사롭지 않게 느껴졌다.

제나는 주먹을 꽉 쥐고 방 안으로 들어와 발코니 문을 닫았다. 무슨 낌새를 느꼈는지 소파에서 책을 읽던 제타가 쪼르르 달려와 제나의 손을 꼭 잡았다.

자정에 울리는 종소리

꽤 늦은 시간이어서 그런지 저녁때까지만 해도 번화했던 거리가 한산해졌다. 상점과 식당의 절반이 이미 문을 닫았지만,

여전히 드문드문 가면을 쓴 사람들이 지나다녔다. 거리를 지나 어두운 골목길로 접어든 은파는 말없이 걷기만 했다. 제나의 머릿속에 은파가 했던 말이 다시 한번 떠올랐다. 우리가 모르는 세계가 얼마든지 있다던 그 말이.

골목은 오래지 않아 끝이 났고 곧바로 그리 넓지 않은 광장이 나타났다. 광장 한가운데에 이르러 사방을 둘러보니 길이 여섯 갈래로 나 있었다. 거꾸로 생각해 보면 사방의 길이 이 광장을 향해 나 있다는 뜻이었다.

"자, 이거 받아. 저 달을 바라보면서 써."

은파가 사방을 살핀 다음, 낮에 썼던 가면을 내밀었다.

달은 어느새 그들이 걸어온 반대편 뾰족한 첨탑 건물 위쪽에 솟아 있었다. 제나는 달을 바라보며 가면을 썼다. 아까와는 달리 차가운 기운이 얼굴 전체에 퍼졌다. 온몸이 서늘해지는 기분이었다.

"이 가면은 낮과 밤이 달라. 특별한 때를 제외하고는 절대 밤에 쓰면 안 돼. 태양의 기운을 받을 때와 달빛의 기운을 받을 때가 다르거든."

가면을 쓴 은파는 유독 콧날이 높고 입술이 빨간 여자로 변해 있었다. 그녀의 말에 무어라고 토를 달기도 뭣해서 그냥 그러려니 하고 말았다. 은파가 한마디 덧붙였다.

"이 가면은 태양의 기운을 받으면 산 자의 얼굴이 되고, 달의 기운을 받으면 죽은 자의 얼굴이 돼."

"네?"

"자정이 되면 산 자는 집으로 돌아가고 죽은 자들이 모이는 축제가 열릴 거야. 베나로스의 전통을 아는 사람이라면 적어도 오늘만큼은 죽은 자들을 위해서 자정 전에 집으로 돌아가지."

"……"

"조금 있으면 축제의 사자使者가 나타나서 이 주위를 떠도는 영혼들을 초대할 거야."

"그럼 우리는요?"

"이 가면을 쓰고 있으면 사자가 우리도 죽은 영혼이라고 생각해서 손을 내밀겠지."

"여기서요?"

"응. 400년 전까지만 해도 여기 뭐가 있었는지 알아?"

"……?"

"단두대! 여기서 수많은 사람이 죽었지. 그중에는 죄를 지은 사람도 있었지만, 억울하게 죽은 사람도 있었어. 바로 이 자리에서!"

등골이 오싹했다. 제나는 다시 한번 침을 꼴깍 삼키고 제타의 손을 꼭 쥐었다. 귀태 나던 얼굴은 온데간데없고, 장터에서 마구 자란 아이 같은 얼굴을 한 제타도 제나의 허리를 꽉 끌어안았다.

　그때 꽤 먼 거리에서 종소리가 울렸다. 짐작이 맞을는지는 모르겠지만, 베나로스 대종탑에서 나는 소리 같았다. 자정이 되었고 찬바람이 광장을 휩쓸고 지나갔다.

　"뎅뎅! 데뎅, 뎅!"

산 자와 죽은 자의 축제

영혼들의 축제

종소리가 잦아들 때쯤 광장 주변을 밝히던 가로등이 연이어 꺼졌다. 마지막으로 첨탑 건물 앞에 있는 가로등이 불꽃놀이 하듯 파편을 튀기며 깨졌다.

"퍼퍽! 퍽!"

제나는 몸을 움츠리며 제타를 끌어안았다.

어둠이 짙게 드리웠다. 온몸이 으스스 떨렸고 오로지 달빛만 이 광장을 비추고 있었다. 사방을 두리번거렸지만 지나다니는 사람은 아무도 없었다.

얼마나 시간이 지났을까.

첨탑 옆 두 번째 골목에서 누군가 나타났다. 새까만 실루엣이 천천히 광장으로 들어섰다. 곧이어 세 번째와 네 번째 골목에서도 하나둘 그림자가 나타났다. 시간이 갈수록 점점 더 많은 이들이 골목에서 나왔다.

잠시 후 여섯 번째 골목에서 나타난 그림자가 무언가를 찾는 듯 주위를 두리번거리더니 이쪽을 바라보고 섰다. 키가 큰 맨발의 소녀였다. 흰색 드레스 곳곳에 얼룩이 묻어 있었고, 오른쪽 어깨와 왼쪽 허리 부분은 한 뼘쯤 찢어져 있었다. 더 어이없는 건 목에 걸린 밧줄이었다. 넥타이처럼 굵은 밧줄이었는데 목에 난 핏자국이 도드라져 보였다. 소스라치게 놀란 제나가 두 손으로 제 입을 틀어막았다.

잠시 후, 소녀는 달이 떠올랐던 첨탑 쪽으로 발길을 돌렸다. 은파가 낮은 목소리로 말했다.

"따라가! 축제가 끝날 때까지 절대 가면을 벗으면 안 돼. 어떤 일이 있어도! 알았지?"

그 말 때문인지 공연히 얼굴이 간질거렸다.

소녀는 누가 따라오는지 확인하는 것처럼 가끔 뒤를 돌아보았다. 그러더니 곧바로 첨탑 건물 안으로 들어갔다.

문을 열자마자 어두운 복도가 나타났다. 칠흑같이 어두워서 발밑이나 양쪽 벽에 뭐가 있는지 도무지 알 길이 없었다. 다만 앞서 걸어가는 소녀 앞쪽에서 뿌연 빛이 보였다. 소녀가 그쪽을 향해 나아갔다. 제나도 제타의 손을 꼭 잡고 그 뒤를 찬찬히 따라갔다. 캄캄한 복도를 지나 빛이 흘러나오는 곳으로 걸음을 옮기던 제나는 멈칫하고 그 자리에 섰다.

거기에는 수백 년 전의 베나로스가 있었다. 책으로 보고 말로만 듣던 오래전 바로 그 도시였다.

스산한 기운이 느껴지는 거리에는 사람들이 북적거렸다. 칼과 방패를 든 병사 무리가 왁자지껄 지나갔고, 사제복을 입은 사람 몇몇이 거리를 서성였다. 아낙네들이 상점을 들락거렸고 아이들도 이리저리 뛰어다녔다. 저편 골목 어귀에서는 고함과 노랫소리가 뒤섞여 들려왔고, 길 한쪽에서는 젊은 여자 서넛이 춤을 추고 있었다. 길가에서는 소녀들이 꽃을 팔았고, 그 옆으로 허리가 구부정한 노인이 이름을 알 수 없는 과일을 잔뜩 늘어놓고 팔고 있었다. 빵이나 옷, 모자를 파는 이들도 있었다.

제나는 이 낯선 광경을 어떻게 받아들여야 할지 판단이 서지 않았다.

"축제란 게……."

"영혼들이 살아 있을 때의 모습으로 돌아가 그 자리를 지키는 거야. 죽은 자들에게 이보다 더한 축제가 있을까? 물론 산 자들은 영혼의 축제가 벌어지는 줄도 모르지. 우리는 영혼의 가면을 쓰고 있어서 볼 수 있는 거니까."

제나가 얼떨결에 꺼낸 말에 은파가 자세히 대답해 주었다. 제나는 딱히 무어라 대꾸할 말이 없어 고개만 끄덕였다.

은파가 다시 말을 이었다.

"한 번 더 말하지만, 아무것도 해서는 안 돼. 저 사람들에게 먼저 말을 걸어도 안 되고, 저들이 가지고 있는 물건을 함부로 만져서도 안 돼."

그러고는 은파가 먼저 영혼들 틈으로 들어갔다.

제나는 조심스레 은파의 뒤를 따랐다. '안 돼'라는 말을 두 번이나 반복해서 들어서 그런지 긴장감이 더 높아졌다.

그런 와중에도 제타는 뭐 그리 궁금한 게 많은지 연신 두리번거리며 제나를 자꾸 이리저리 끌어당겼다. 제나는 제타의 손을 더 꽉 붙잡았다.

술에 취해 비틀거리는 병사 옆을 지났고, 함께 나란히 팔짱을 끼고 지나가는 소녀 셋을 스치며 앞으로 나아갔다. 그런데 소녀들의 옷에는 너무나도 선명한 핏자국이 묻어 있었다. 제나는 흠칫 놀라 고개를 돌렸다. 이번에는 어린아이 하나가 무릎을 꿇고 구걸하는 모습이 눈에 들어왔다. 애처로운 마음에 잠시 바라보다가 소스라치게 놀라고 말았다. 바람에 펄럭이는 옷 사이로 앙상한 갈비뼈가 드러났기 때문이다. 아이가 일어나 다가오는데 마치 해골이 걸어오는 듯한 착각을 일으켰다.

"굶어 죽은 아이의 영혼이야."

은파가 재빨리 제나를 끌어당기며 말했다.

그런데 이상했다. 아무리 걸어도 길은 끝나지 않았고, 길모퉁이를 돌고 나면 지나왔던 길이 다시 나타났다. 분명히 어떤 건물 안으로 들어갔는데 바깥이 나왔고, 아까 지나쳤던 사람이 또 앞에서 얼쩡거렸다. 그걸 아는지 모르는지 은파는 여전히 사람들 틈을 헤집고 나아갔다. 끝도 없는 미로 속을 헤매는 느낌이랄까?

불길한 예감이 스치고 지나갔다. 단순히 기분 탓일지도 모르겠지만, 자꾸만 누가 따라오는 느낌이 들었다. 제나는 애써 머리를 저었다. 이토록 으스스하고 악몽 속 같은 곳이라면 그런 불쾌한 느낌이 드는 게 당연할지도 모른다고 생각했다. 하지만 잠시 품었던 바람과는 달리 나쁜 예감은 여지없이 들어맞았다. 은파가 잔뜩 긴장한 목소리로 다급하게 말했다.

"앞만 보고 걸어. 절대 뒤돌아보지 말고. 누가 우릴 쫓아오고 있어."

"또 흰 가면인가요?"

제나가 재빨리 되물었다.

"아니, 고스트 캡처! 우리처럼 초대받지 않은 영혼들을 가려

내는 악귀들이야."

"그건 또 뭐죠?"

"이곳을 배회하는 영혼 중에는 살아 있는 인간의 육체를 빼앗아 지배하려는 자들이 있어. 못다 한 삶을 더 이어 가려는 거지. 하지만 그들 대부분은 죽음의 원한이 너무 깊어서 살아 있는 사람의 육체를 지배한 뒤에는 끔찍한 일을 저지르고 말아."

"그, 그렇다는 건?"

"만약 우리가 그들에게 지배당한다면, 우리는 저도 모르게 살인자가 되거나 끔찍한 범죄자가 될 수도 있다는 뜻이야. 세상의 악인은 그렇게 태어난다고 보면 돼!"

제나는 고개를 끄덕이며 은파를 따라 걸음을 옮겼다. 하지만 서너 걸음도 못 가 다시 멈춰야 했다. 제타가 자꾸만 손을 빼내려 했기 때문이다. 돌아보니 제타는 노인이 바닥에 펼쳐놓은 책을 가리키고 있었다.

"저거……. 베나로자왕립도서관 특별자료실. 제3 구역. 17서가 W열에 있어."

〈베나로자 왕국의 신화〉

책 제목이 빨간 글자로 화려하게 찍혀 있었다. 불사조 그림이 새파랗게 빛났다. 거리가 좀 떨어져 있었는데도 그림이 생생했다. 어디서 비롯됐는지 알 수 없는 빛 때문이었다. 여러 번 버둥거리던 제타가 마침내 제나의 손아귀에서 제 손을 빼내 책을 짚었다. 그 순간 책에서 내비치던 빛이 사라졌다.

제나가 재빨리 제타를 번쩍 들어 올리자, 책은 본래의 빛을 다시 되찾았다.

잽싸게 몸을 돌려 큰길로 나섰지만, 거기서도 또 한 번 멈춰야 했다. 말을 탄 병사들의 행렬이 거리를 지나고 있었다. 특히 눈길을 끈 것은 선두를 이끄는 장교였는데, 황금 투구와 은빛 갑옷을 입고 꼿꼿한 자세로 흰말 위에 앉아 있었다. 뜻밖에도 제1 왕자, 아니 제나의 큰오빠를 빼닮은 듯했다. 짙은 눈썹과 유독 높은 콧대가 영락없이 큰오빠였다. 친엄마가 궁궐 밖으로 쫓겨나지만 않았어도 제1 왕자로서 왕국의 첫 번째 계승자라는 지위를 누렸을 것이다.

하지만 친엄마는 쫓겨났고 그 때문에 큰오빠는 제1 왕자의 지위를 잃고 말았다. 다행히 새 왕비의 은혜를 입고 다시 궁궐로 돌아와 친위대장이 되었지만, 이미 왕자의 지위는 박탈당한 뒤였다.

친위대장이 된 큰오빠는 제나에게 무술을 가르쳤다. 어린 소녀였지만 가혹하게 훈련했고 자비도 없었다. 친동생이라는 게 무색할 만큼 조금의 실수도 용납하지 않았다. 힘들다고 울면 엄살떨지 말라고 다그쳤고, 울면 나약해진다며 타일렀다. 이따금 작은오빠가 '조금만 참아. 그래야 살아남을 수 있고 엄마도 지킬 수 있어.'라고 말해 준 게 제나가 받은 위로의 전부였다.

큰오빠는 제나의 품에서 숨을 거두었다. 제3 연맹체의 암살자들에게서 제나와 제타를 지켜 내려고 온몸에 독화살을 맞으며 피를 토한 뒤 죽고 말았다.

"어여쁜 내 동생 제나⋯⋯, 미안하구나. 그동안 한 번도 안아 주지 못해서⋯⋯. 하지만 널 살리려면 그 수밖에 없었단다. 오빠를 용서하렴!"

이 말을 남기고 큰오빠, 아니 제1 왕자는 세상을 떠났다.

숨이 끊어진 제1 왕자의 가슴 위로 제3 별궁에 흐드러지게 피어 있던 벚꽃 잎이 무수히 떨어져 내렸다.

죽은 자의 영혼을 찾아서

은파가 팔을 끌어당기는 바람에 제나는 겨우 생각에서 벗어났다.

오래지 않아 두 갈래 길이 나오자 은파가 잠시 머뭇거렸다. 방향을 잡지 못해 망설이는 것 같았다. 그때 오른편 어두컴컴한 길 쪽에서 누군가 팔을 잡아당겨 은파가 끌려갔고, 제나도 얼결에 그 뒤를 따랐다. 바로 그때 나무 대문 하나가 열렸고 안으로 들어가자마자 문이 탁 닫혔다. 눈앞에는 흰색 수염이 성성한 노인이 서 있었다.

"우리 할아버지셔!"

은파가 말했다.

"그래, 반갑구나. 일단 여기서 좀 멀리 자리를 옮기자."

제나는 제타 손을 잡고 할아버지를 따라 긴 복도를 걸었다. 어둡고 좁은 복도를 한참 걷자, 반대편에서 희미한 빛이 보였다. 그리고 그 빛을 넘어갔을 때 제나는 낮은 탄성을 질렀다.

"아!"

할아버지가 멈춘 곳은 마파라미호가 당당하게 서 있는 선착장이었다. 관광 안내 팻말 같은 건 보이지 않았고, 수백 년 전 모습 그대로였다. 낮에 보았던 폐선이 아니었다. 당장이라도 배 안에서 수백 년 전 병사들이 뛰어 내려올 것만 같았다. 곧 출항이라도 하려는지 흰 돛이 펄럭거려서 생동감을 더했다. 게다가 배 한가운데 우뚝 솟은 돛대 꼭대기에는 파란색 깃발이 펄럭이고 있었다.

마파라미호 앞에서는 물에 젖은 달빛이 이쪽을 눈부시게 비추고 있었다. 영혼들의 축제가 벌어지는 광장을 밝히던 그 은은한 불빛이 어디에서 왔는지 비로소 알 것 같았다. 은파가 말하는 다른 세계란 이런 것들일까? 자꾸만 그 생각이 떠올라 머릿속을 어지럽혔다.

그때였다. 선착장으로 내려가는 계단에 닿은 할아버지가 문득 제타를 돌아보더니 한쪽 무릎을 꿇고 예의를 갖추었다. 그런 다음 제나에게도 두 손을 앞으로 모으고 공손히 허리를 굽혔다. 제나는 어찌할 바를 몰라 쭈뼛거리다가 얼른 따라 마주보며 고개를 숙였다. 그러자 할아버지가 말했다.

"왕족은 아무에게나 허리를 굽혀서는 안 됩니다."

제나는 조금 전보다 더 어쩔 줄 몰랐다.

"저를, 아니 저희를 아세요?"

제나가 공손히 묻자 할아버지가 옅은 미소를 지었다.

"은파와 다시 이곳을 찾아왔다면 왕국 사람이지요. 왕국에 무슨 일이 생겼다는 뜻일 테니까요. 이곳은 삶과 죽음의 경계를 넘어야만 찾아올 수 있는 곳이니까요."

"……"

"하지만 어쩌겠습니까. 이렇게 먼 길을 돌아오셨으니 다시 돌아갈 길을 찾아야겠지요."

할아버지는 잠시 두리번거리더니 계단 아래쪽으로 내려가 자리를 잡고 앉았다. 그리고 은파를 한번 쳐다보고는 아까와는 다른 어투로 마파라미호를 바라보면서 입을 열었다.

"나도 저 배를 탔었단다. 먼 바다로 나가 파도와 싸우고 적과 싸웠지. 저 배를 타고 나서면 세상이 다 내 것 같았단다. 무엇이든 할 수 있을 것 같았어. 아, 그래. 가리온이 늘 옆에 있어서 더 그랬단다. 그는 정말 뛰어난 항해사이자 용감한 병사였지. 힘이 아주 셌어. 바다에 나갔다가 화살에 맞은 그를 내가 살려 준 뒤로는 항상 내 곁을 떠나지 않았지."

할아버지가 꺼낸 말에 제나는 맥없이 고개만 끄덕였다. 할아버지는 마치 대단한 일을 했다는 듯 말하고 있었지만, 제나로서는 왠지 실감이 나지 않았다.

잠시 후 할아버지가 다시 말을 이었다.

"내가 팔색거미단의 암살자에게 쫓긴 건 '사자의 눈물'에 관해 알아 버린 탓이란다. 처음 그들에 관한 수상한 이야기를 들은 건 이곳저곳을 떠도는 상인들을 통해서였지. 이방의 종족들은 베나로자 왕국에 복수하겠다며 때로는 몇몇씩, 가끔은 떼를 지어 베나로스에 들어왔어. 그렇게 몰래 들어온 사람들은 스며들 듯이 베나로스의 시민이 되었고. 바로 그들이 팔색거미단을 만들었단다. 그들은 베나로스의 돈을 모았고, 기술을 배웠고, 몇몇은 권력자가 되었어. 그러면서 서서히 복수를 준비했지."

할아버지의 말을 듣다 보니 제나는 은파가 했던 말을 복습하는 기분이었다. 그런데 그다음 말에 귀가 솔깃했다.

"팔색거미단이 온갖 방법을 동원해 베나로스 곳곳의 땅 밑을 파고 있었던 거야."

"땅이요? 땅을 팠다고요?"

은파는 거듭 되물었다.

"처음에는 나도 그게 무슨 말인지 몰랐단다. 그래서 알아보려고 애썼지. 상인들이나 온갖 이방인을 통해서 수소문했어. 그랬더니 틀린 말이 아니었어. 지하수를 펑계로 수로를 새로 뚫는다는 구실을 내세워 땅을 판다는 소리를 들었지. 그게 무슨 소리일까 싶어 몇몇 친구들과 함께 찾아 나섰지. 그런데 얼마 지나지 않아 친구들이 하나둘씩 사라졌어. 알 수 없는 죄를 짓고 감옥에 갇히고, 누군가에게 납치되었다는 소문이 돌기도 했어. 나는 그 친구들부터 찾아야 했지. 그리고 친구들이 어느 사설 감옥에 갇혀 있다는 걸 알아냈단다. 나는 간수에게 돈을 주고 죄수들 사이로 숨어들었지."

"일부러 죄수가 되셨다는 말이에요?"

은파가 물었다.

"그럴 수밖에 없었단다. 비밀을 알아내려면 그게 가장 확실한 방법이라고 생각했어. 하지만 놈들은 아주 철저했어. 아침에 일어나면 모든 죄수에게 까만 눈가리개를 씌웠어. 그런 다음 루나 보트에 태워 어디론가 데려갔지. 그리고 끝도 없이 많은 계단을 내려갔어. 내 느낌으로는 아주 깊은 땅속인 것 같았지.

눈가리개를 풀었을 때는 건너편에 있는 사람이 보이지 않을 정도로 넓게 파 놓은, 엄청나게 큰 웅덩이 한쪽에 내가 서 있더구나. 깊이도 어마어마했어. 바닥도 보이지 않을 정도였으니까. 물론 그게 뭘 위해 파 놓은 건지도 알 수 없었어. 나와 죄수들은 매일 거기 가서 구덩이를 더 깊이 파고, 파낸 흙을 밖으로 날랐지. 그때까지만 해도 그곳이 그저 빗물 저장소쯤 되는 줄 알았어.

그러던 어느 날, 간수들끼리 하는 이야기를 들었는데 그중 하나가 이렇게 말했어. '이 사자의 눈물이 완성되면 베나로스도 마침내 끝장이겠군' 하고. 그 말을 듣는 순간 머리가 쭈뼛 섰지."

"그 거대한 웅덩이가 사자의 눈물이로군요."

제나가 말했다. 할아버지가 고개를 끄덕였다.

"그렇게 사자의 눈물에 아주 큰 비밀이 있다는 걸 알게 되었어."

"그래서 뭘 알아내셨나요? 그걸 알려 주신다고 했잖아요."

은파가 눈을 동그랗게 뜨고 물었다.

사자의 눈물에 남겨진 비밀

할아버지는 잠시 숨을 고르더니 한쪽 팔을 걷었다. 팔목 위에 거뭇한 상처가 있었다. 아니, 가만 보니 상처가 아니라 로마자였다.

I I II III V VIII XIII XXI

달빛을 받아 숫자가 푸르게 빛나자 할아버지는 그쪽 손으로 은파의 팔목을 붙잡았다. 푸른빛이 할아버지의 팔목에서 은파의 팔목으로 옮겨 가더니 이내 사라졌다. 할아버지가 손을 놓으니 숫자가 고스란히 은파의 팔목으로 옮겨 가 있었다.

"할아버지, 이게 뭐죠?"

"글쎄다. 간수들끼리 하는 이야기로는 사자의 눈물을 잠재울 유일한 방법이라더구나."

그 말을 들은 제나는 고개를 들고 은파를 쳐다보았다. 은파가 고개를 젓고는 다시 할아버지를 쳐다보았다. 하지만 할아버지도 고개를 저었다.

제나는 기운이 빠졌다. 그때 은파가 다시 물었다.

"그럼, 그곳은요? 사자의 눈물은 어디에 있나요?"

은파의 질문에 제나가 눈빛을 반짝였다. 중요한 질문이었다. 33년 후의 제나도 그곳을 찾고 있다고 했으니까.

그러나 할아버지는 또다시 고개를 가로저었다.

"미안하구나. 내가 전해 줄 수 있는 건 이것뿐이란다."

제나는 조금 허탈했다. 위험을 무릅쓰고 여기까지 왔는데 고작 숫자 몇 개가 전부라니? 게다가 어디에 어떻게 쓰일지도 모르는 숫자가 아닌가.

"아, 다만……."

뭔가 잊은 게 있다는 듯 할아버지가 손가락으로 바닥에 무언가를 그리기 시작했다. 손가락으로 그렸을 뿐인데 돌덩이 표면이 파이듯 그림이 그려지는 게 신기했다. 하지만 지금은 그런 것에 신경 쓸 때가 아니었다.

할아버지가 바닥에 그린 건 다름 아닌 거미였다.

"사설 감옥을 드나들며 분명히 확인한 게 있는데 그게 이 문장紋章이었단다. 내가 알기로는 올리브 섬의 5대 유리 명문가 중 하나의 문장이지."

"올리브 섬이라면 유리 제작 공장이 밀집해 있는 그 섬 말이지요?"

"그래, 은파 너도 여러 번 가 봤던 곳이지."

"그러면 사자의 눈물의 배후가 그들이란 건가요?"

"그런 것 같더구나. 내가 그 문장을 확인하고 사설 감옥에서 도망쳐 나와서 올리브 섬으로 가려고 했는데, 바로 그 전날 밤에 괴한들이 들이닥쳤거든."

"아……."

할아버지의 말에 은파가 고개를 끄덕이며 주르르 눈물을 흘렸다. 그러자 할아버지가 미소를 지으며 달래듯 말했다.

"괜찮다. 너무 슬퍼하지 마라. 그리고 어서 돌아가거라. 곧 날이 밝을 거야."

"……."

"그리고 얘야, 설사 사자의 눈물을 찾더라도 조심하렴. 수많은 죄수가 그곳에서 탈출을 시도했지만, 아무도 빠져나오지 못했단다."

"그게 무슨 말이에요?"

"글쎄다. 다들 그곳에서 빠져나오려고 도망쳤지만, 수많은 계단을 오르내리다 보면 어느새 제자리로 돌아오곤 했어. 나도 처음엔 그랬지."

"그러면 거기서 탈출한 사람은 할아버지뿐이란 말이죠? 그래서 그들이 계속해서 할아버지를 추적했던 거로군요? 그런데 어떻게 도망치셨던 거예요?"

"글쎄다. 난 나비를……."

그때 할아버지가 말을 뚝 멈추었다. 힐끗 돌아보니 누군가 이쪽으로 다가오고 있었다. 은파가 고스트 캡처라고 부르던 사람이었다.

"이제 가거라. 저 병사는 내가 따돌릴 테니……. 저 루나 보트 보이지? 빨리 저리로 뛰어가!"

할아버지가 맺지 못한 뒷말이 궁금했으나 별도리가 없었다.

"제나, 이쪽이야! 어서 뛰어!"

은파가 앞서가면서 소리쳤다. 달빛에 비친 루나 보트 한 척이 보였다. 제나는 제타의 손을 잡고 뛰어내렸다. 그 순간 달빛이 온몸을 휘감았다.

올리브 섬의 유리 공장

마침내 폭풍이 몰아쳤다. 아니, 그것은 괴물이었다. 새파란 눈, 날카로운 발톱과 이빨을 가진 거대하고도 시커먼 괴물이었다. 놈은 멀고 먼 큰 바다에서 엄청난 비바람과 파도를 몰고 와서 베나로스에 쏟아부었다. 도시는 금세 물에 잠겼고 대종탑의 기둥들도 부서졌다.

'아아!'

제나의 입에서 잇따라 탄식이 흘러나왔다. 물 위에는 부서진 루나 보트 조각들이 떠다녔고 어딘가에서 사람들의 아우성이 들려왔다. 아니, 그것은 공포에 시달리는 울부짖음이었다. 베나로스는 이제 더는 가망이 없어 보였다.

'정말 이대로 끝인 거야?'

절망에 잠긴 제나가 중얼거렸다. 넋을 놓고 침몰해 가는 베나로스를 바라보는 것밖에는 할 수 있는 게 아무것도 없었다.

얼마 지나지 않아 마침내 파란 눈의 괴물이 기다렸다는 듯 거대한 몸집으로 대종탑을 휘감았다. 마치 한입에 집어삼키기라도 할 것처럼 온몸을 뒤틀며 쉴 새 없이 대종탑을 때리고 부수었다. 마침내 뾰족한 지붕이 허물어져 내렸고, 대종탑 한가운데에 금이 갔다. 옆면부터 붉은 벽돌들도 떨어져 내렸다. 그럴수록 괴물은 더 요동치며 대종탑을 쥐고 흔들었다.

이윽고 대종탑의 한가운데가 두 동강이 나면서 부서졌다.

그러나 그게 끝이 아니었다. 잠시 후, 파란 눈의 괴물이 제나를 향해 고개를 돌리더니 커다란 입을 쩍 벌리며 달려왔다.

"안 돼!"

제나는 소리를 지르며 눈을 번쩍 떴다. 새파란 하늘이 눈에 들어왔다. 뭉게구름이 빠르게 움직이고 있었다. 제나는 주위를 두리번거린 뒤에야 지금 자신이 올리브 섬으로 향하는 수상 버스를 타고 있다는 걸 깨달았다. 그제야 저편 난간에서 와자지껄 떠드는 관광객들이 눈에 띄었다. 동시에 중얼거리는 제타의 목소리가 들려왔다.

"올리브 섬은 베나로스 서남쪽에 있지만, 육지와 가까워서 다리가 놓이지 않았던 때도 비교적 왕래가 수월했어. 여기에는 최근까지도 수천 곳의 유리 제작소가 있었는데, 그중 가장 이름을 떨친 5개 가문은 태오, 에리무온, 실러, 라디윰, 타란튤라 가문이야. 이들 가문의 기술자들은 모두 장인으로 불렸지. 그들이 만든 유리는 전 세계로 팔려 나가서 수많은 왕국의 왕실에서 귀하게 쓰였어."

말이 끝나자 제타는 제나를 쳐다보며 씩 웃었다. 제나도 마주 보며 미소를 지었다. 옆자리에는 은파가 눈을 감은 채 의자 깊숙이 기대어 앉아 있었다. 연신 입술을 움찔거리는 것으로 보아 잠을 자는 것 같지는 않았다.

그건 숫자였다. I I II III V VIII XIII XXI. 은파는 할아버지 팔목에 새겨져 있던 숫자를 중얼거리고 있었다.

제나도 그랬다. 지난 새벽부터 정오까지 잠을 자면서도 그 숫자를 계속 되뇌었다. 올리브 섬으로 가는 수상 버스를 탄 뒤에도 마찬가지였다. 그러나 알 수 있는 건 아무것도 없었다. 그게 무얼 뜻하는지 전혀 감이 오지 않았다.

그때 갑자기 은파가 눈을 떴고, 제나와 눈이 마주쳤다.

"나, 거기가 어딘지 알 것 같아."

은파의 말에 제나는 그저 고개만 갸웃거렸다. 은파가 몸을 일으키며 말을 이었다.

"할아버지랑 종종 올리브 섬에 간 적이 있는데 거기서 그 거미 문양을 본 것 같아."

"정말이에요? 그걸 떠올리고 있었던 거예요?"

"응, 다만 그게 몇백 년 전의 일이니까 그때와는 많이 달라졌겠지?"

"그럼 혹시 할아버지가 말한 사자의 눈물도 그곳일까요?"

"글쎄, 그것까지는 모르겠어."

제나의 질문에 답을 하면서 은파가 일어났다. 마침 배가 선착장에 멈춰 섰다.

제나와 제타가 손을 잡고 사람들 틈에 섞여 배에서 내렸다. 선착장을 벗어나자마자 수로 옆으로 난 길을 따라 걸었다. 길가 건물들의 1층은 서너 집 건너 한 집이 유리 공예품 판매장이었다. 그릇이나 액세서리는 물론, 유리로 만든 화려한 가면들이 진열대에 놓여 있었다. 그중에는 유리로 만든 작은 동물이나 곤충들도 보였다.

올리브 섬은 베나로스와 같은 듯하면서도 약간 달랐다. 수로와 낡은 집, 좁은 골목길은 베나로스와 엇비슷했지만, 올리브섬이 훨씬 더 아기자기하고 깔끔했다. 알록달록하게 칠해진 건물들이 장난감 집을 연상케 하는 것도 조금 달랐다. 그리고 관광객이 베나로스보다 적어서 한산했다.

은파는 이따금 걸음을 멈추고 골목 안을 기웃거리거나 골목 안쪽으로 들어갔다 나오기도 했다. 그러고는 고개를 갸우뚱하다가 여러 번 내젓더니 말했다.

"예전과 달라. 하지만 물길은 크게 변하지 않은 것 같아. 그때도 저 수로 입구에서부터 이쪽으로 물길이 휘어져 들어왔거든. 그리고 이만큼까지 와서 왼쪽으로 야트막한 언덕이……. 봐, 오르막길이야."

은파는 수로의 위쪽과 아래쪽을 번갈아 보며 말했다. 그러더니 노란색 건물과 흰색 건물 사이에서 비탈길을 발견하고는 그쪽으로 걷기 시작했다. 걸을수록 조금씩 넓어지는 오르막길 중간쯤에서 은파가 또 중얼거렸다.

"이 부근이 틀림없이 카이잔 아저씨네 유리 공장이었던 것 같은데……. 우리 할아버지랑 친하게 지냈던 분이야."

제나는 멀뚱히 바라보며 고개만 끄덕였다. 은파는 건물 벽을 유심히 살피고 위쪽을 올려다보기도 했다. 그러고는 시멘트가 떨어져 나간 벽면 건물 아래쪽의 붉은 벽돌을 손으로 더듬어 갔다.

"여기 좀 봐. 장미 모양이 그려져 있지? 카이잔 아저씨네 유리 공장은 장미 문양을 사용했거든. 그나저나 이 건물은 예전

그대로네. 지금은 공장이 아닌 것 같지만……."

은파가 이렇게 중얼거리며 한 번 더 건물을 둘러본 다음, 언덕 꼭대기로 올라갔다. 그러고는 거기 멈추어 서서 자기가 걸어온 반대편, 붉은 벽돌 건물이 부서진 곳을 가리켰다. 지붕까지 반쯤 주저앉은 곳이었다. 벽 한쪽은 완전히 허물어졌고, 나머지 벽에도 큰 구멍이 뚫려 심하게 부서져 있었다.

"내 기억이 맞다면 저곳이야!"

"저기, 부서진 건물?"

"응, 그 옆은 숲이었고. 가 보자."

은파가 먼저 비탈길을 뛰어 내려갔다. 제나와 제타도 제빨리 뒤따랐다.

"여기 유리로 만든 커다란 거미 장식이 있었어. 내 키만 했거든. 이쪽으로 철창문이 있었는데……."

은파는 사방을 이리저리 살핀 다음, 폭탄이라도 맞은 듯 크고 작은 벽돌 조각과 유리 파편이 어지럽게 널려 있는 건물 안으로 한 걸음 내디뎠다.

그나마 온전한 모양으로 남아 있는 건물 오른쪽 출입구로 들어가자 길쭉하고 널따란 방이 나왔다. 그 방에도 깨진 유리 조각이 산더미처럼 쌓여 있었다. 유리를 만들던 작업실이 틀림없었다.

왼쪽에는 벽난로 같은 게 있었는데, 아마 화로인 것 같았다. 어둑한 방 한구석에는 못 쓰게 된 책상과 의자, 그리고 찢어진 소파가 옆으로 쓰러져 있었고, 그 주변에도 깨진 유리그릇과 부서진 조명 유리들, 그리고 간간이 팔다리가 없거나 목이 떨어져 나간 유리 동물들의 잔해가 어지럽게 널려 있었다.

그뿐이었다. 힌트가 될 만한 것은 아무것도 없어 보였다. 제나는 초조했다. 잡동사니가 어지럽게 흩어져 있는 방 안을 휘 돌아보았다. 바로 그때, 바깥쪽에서 인기척이 났다.

타란튤라 가문의 음모

"안에 누가 있어요?"

제나는 바짝 긴장했다. 혼자 방 안을 구경하던 제타가 얼른 제나 곁으로 달려왔다.

뜻밖에도 입구 쪽에서 나타난 사람은 나이가 지긋한 노인이었다. 긴 머리칼도, 턱수염도 모두 희었다. 노인이 구부정한 걸음걸이로 천천히 다가왔다.

"여기는 놀이터가 아니란다. 위험한 곳이야. 건물이 무너질 수도 있어. 어서 나가거라."

노인의 목소리에서 쇳소리가 났다. 목감기에 걸렸거나 목에 문제가 있는 듯했다. 노인은 정말로 위험하다는 듯 잔뜩 인상을 찌푸렸다. 제나는 은파의 눈치를 살폈다. 은파 역시 난감한 표정이었다.

결국, 은파가 먼저 나섰다.

"할아버지가 여기 주인이신가요?"

"아니야, 난 이웃집에 살지. 지나가다가 무슨 소리가 들려서 들어와 본 거야. 이곳의 마지막 주인인 라마온 17세는 올리브 섬을 떠난 지 꽤 오래됐어. 관리인만 남았다가 그마저도 집을 비우고 나간 지가 10년이 넘었지. 혹시 이 가문의 그릇이 필요해서 온 게냐?"

"아니, 그런 건 아니지만……."

"타란튤라 가문은 이제 그릇을 만들지 않는단다."

"타란튤라요?"

"그래, 이 가문의 이름이야. 타란튤라 가문의 상징은 거미야. 그래서 여기서 만든 그릇에는 모두 거미가 그려져 있지. 수백 년 전부터 말이다. 이 가문이 한창 잘나갈 때는 저 문 앞에 커다란 거미가 서 있었단다."

"그렇게나 유명했어요?"

제나가 물었다. 제타의 말대로 5대 가문의 하나였다면 당연히 유명했겠지만, 타란튤라 가문이 왠지 더 궁금해졌다.

노인은 기다렸다는 듯 대꾸했다.

"말해서 무엇하겠니? 여기서 만든 유리그릇과 장식품, 화려한 샹들리에가 수많은 나라의 궁전과 귀족들의 집을 장식했었는걸."

노인은 마치 자기 일이라도 되는 양 과장된 목소리로 말했다.

"그런데 그런 공장을 왜 닫은 거예요?"

"글쎄, 그건 우리도 모를 일이야. 그토록 잘나가던 가문이 왜 스스로 문을 닫은 건지. 그래서 사람들 사이에서는 그 일이야말로 올리브 섬의 가장 큰 수수께끼 중 하나라며 지금까지도 고개를 갸웃거린단다."

"……?"

"나도 다른 사람들한테 들은 소문이지만, 문을 닫으면서 이상한 소리를 했다지 아마. 이제 때가 되었다……라고 했다던가?"

"때가 되다니요?"

"베나로스가 곧 물에 잠긴다는데 유리는 만들어서 뭐 하냐, 그러면서 떠났다고 하더라. 아직도 그들이 베나로스 어딘가에 있다는 소문도 들리고."

"그러니까 라마온이라는 사람이 그런 말을 했다는 거죠?"

은파가 끼어들었다.

"그러게 말이다. 참 엉뚱한 사람이 아니냐. 베나로스는 원래 물가에 지어진 도시고 그래서 오래전부터 조금씩 물에 잠기고 있었지. 그런데 그게 뭐 그리 새삼스럽다고. 무슨 뜻인지 나도 잘 모르겠더구나. 허허."

노인이 어이없다는 듯 웃으며 머리를 가로저었다. 그 말에 은파는 고개를 크게 끄덕였지만, 제나는 어쩐지 예사롭지 않게 들렸다. 그래서 다시 노인에게 물었다.

"어디로 떠난다고 했나요?"

"음, 정확히는 모르지. 아까도 말했지만, 베나로스 어딘가에 있을 거야. 어디라더라? 하슬라온이라던가? 아무튼 거기가 조상의 고향이라나. 그래서 머지않아 그리로 떠난다고 했어."

그 순간 제나가 은파를 쳐다보았고 눈이 마주친 은파가 고개를 끄덕였다. 바로 그때, 유리 깨지는 소리와 함께 제타의 비명이 들렸다.

"아아앗!"

노인과 이야기하는 데 정신이 팔려 여태 제타가 없어진 것도 알아채지 못했다. 제나는 급히 비명 소리가 난 곳으로 달려갔다. 그곳에는 깨진 유리 조각이 수북이 쌓여 있었다.

수상한 그림

제타의 발치에는 액자 모양의 유리가 떨어져 있었다.

"제타, 왜 그래? 혼자 다니면 안 된다고 했잖아."

"혼자 아니야. 저기 은파 있어."

제나가 나무라듯 말하자 제타가 고개를 저으며 엎어진 유리 액자를 가리켰다. 제타의 입에서 은파라는 이름이 나올 때부터 이상하다 싶었다.

제나가 깨진 유리 조각을 모아 다시 붙이자 누군가의 얼굴이 드러났는데 정말로 은파를 꼭 빼닮은 소녀의 얼굴이었다.

제나와 은파가 서로 눈을 맞췄다. 은파는 상기된 표정이었다.

"내 얼굴이야!"

은파가 말했다.

제나는 아무 대꾸도 하지 않았지만, 그 말을 부정할 수는 없었다. 오뚝한 콧날과 짙은 눈썹, 도톰한 이마와 머리 모양, 그리고 머리에 쓴 수건까지.

"어떻게……."

제나는 그림과 은파를 번갈아 보며 중얼거렸다.

"이제 두 가지는 확실히 알 것 같아."

은파가 말했다.

"무슨 말이에요? 뭘 안다는 거죠?"

제나가 눈을 동그랗게 뜨고 물었다.

"타란튤라 가문도 팔색거미단이었어. 그리고 그들이 어떻게 지금, 그리고 33년 후의 미래까지 와서 날 쫓아다닐 수 있었는지, 그것도 알겠어."

"팔색거미단이 타란튤라 가문과 관계 있으리란 건 짐작했어요. 그런데 이 유리 액자가 아주 오래전부터 전해져 내려오기라도 했다는 건가요?"

"어쩌면 그럴지도 모르지. 유리는 오랜 시간이 지나도 거의 변형되지 않으니까. 나를 집요하게 쫓아다녔던 걸 보면. 수백 년의 시간을 넘어서까지 나를 쫓고 있었달까."

제나가 수긍하듯 고개를 끄덕였다. 자꾸만 짐작했던 것보다 더 복잡하고 어마어마한 일들이 숨겨져 있을지 모른다는 생각이 들었다.

그때 노인이 다가오며 말했다.

"얘들아, 어서 여기서 나가거라. 여기 더 있다가는 정말 다치겠어."

어쩔 수 없이 건물 밖으로 나오기는 했지만 은파는 얼른 돌아서지 못했다. 그러고는 잠시 기다렸다가 할아버지가 사라지자 주변을 둘러보기 시작했다. 무슨 생각인지 둘레를 샅샅이 살피고 나서 은파는 다시 건물 안으로 들어갔다. 완전히 부서진 쪽도 유심히 들여다보고 가만히 벽을 살피기도 했다. 그러더니 고개를 저으며 말했다.

"여긴 아닌 것 같아."

제나도 같은 생각이었다. 이곳에 무언가 숨겨져 있었다면 사람이 지나다닌 흔적이 조금이라도 남아 있어야 할 텐데 그런 건 없었다.

'사자의 눈물?'

제나는 수십 번이 넘도록 그 이름을 되뇌었지만, 아무것도 찾을 수가 없었다.

그 사실을 확인하고 나니 허탈했고 이제부턴 뭘 해야 할지 감이 잡히지 않았다. 수상 버스를 타고 오면서 꾸었던 꿈이 되살아났을 땐 눈앞이 캄캄했다. 그 때문에 유리 공장을 돌아 나오면서도 몇 번이나 그쪽을 돌아보았다.

"이제 어떻게 하죠?"

수로를 따라 걷던 제나가 은파에게 물었다. 그러나 은파는 가만히 제나의 손을 잡았을 뿐 아무 대답도 하지 않았다. 제나는 더 묻지 않기로 했다. 은파 역시 별다른 정보가 있을 것 같지 않았기 때문이다.

잠시 후 은파가 말했다.

"일단 순례자의 집으로 돌아가자. 베나로스에 갔다니까 어딘가엔 있을 거야."

제나는 그저 은파를 따라 천천히 걸었다. 아무것도 모르는 제타는 혼자 이리저리 뛰어다녔다.

바다 쪽으로 흐르는 수로를 한참 바라보던 제나가 어금니를 꽉 물었다. 제나의 손이 파르르 떨렸다. 시간이 얼마 남지 않았는데 할 수 있는 건 아무것도 없다는 무력감 때문이었다.

'그럼 베나로자 왕국은? 그리고 사막으로 떠난 우리 엄마와 아빠는?'

엄마 아빠를 생각하니 다시 눈앞이 아뜩해졌다.

세 사람은 낡고 빛바랜 흰색 건물 사이로 난 좁은 길을 지나 수로와 나란히 이어진 길에 이르러서야 걸음을 늦추었다. 주위가 한산해서 지나다니는 사람이 별로 없었고, 수로 위로 루나보트 두 대가 막 지나가고 있었다.

누가 먼저랄 것도 없이 수로 옆길에 있는 기다란 벤치에 앉았다. 제나는 파란 하늘을 올려다보았고, 은파는 수로에 흐르는 파란 물을 내려다보았다. 제타는 하늘과 물을 번갈아 보다가 제나의 어깨에 기대 꾸벅꾸벅 졸기 시작했다.

거리의 나비

얼마나 시간이 지났을까. 은파가 품속에서 무언가를 꺼냈다. 얼핏 보니 소라 껍데기처럼 생긴 것이었는데, 그걸 입에 대고 후후 불었다.

"부-우-우-우-우!"

낮고 탁한 소리였다. 그 소리는 곧장 수로 위아래로 잔잔히 퍼져 나갔다.

"그게 뭐죠?"

은파는 곧바로 대답하지 않았다. 두어 번 더 소리를 내고 다시 두리번거리고 나서야 제나의 질문에 대답했다.

"앵무조개 나팔이야."

"그러니까 그걸로 지금 뭘 한 거냐고요? 누구한테 신호를 보내는 거예요?"

"응, 가리온 아저씨. 어차피 베나로스로 가는 수상 보트는 한 시간 뒤에나 올 거야. 그 전에 돌아가는 게 좋을 것 같아서."

"가리온 아저씨가 어디에 있길래 이 소리를 듣고 올 수 있어요?"

"가리온 아저씨는 청각이 무척 예민해. 그래서 남들은 못 듣는 소리까지 들을 수 있어. 조금 있으면 아저씨가 올 거야."

은파는 다시 주위를 두리번거리더니 나팔을 두어 번 더 불었다. 그러고는 구름 뒤에 숨어 있는 태양을 잠시 바라보더니 그쪽을 향해 천천히 걷기 시작했다.

얼마쯤 걸었을까? 수로가 오른쪽으로 휘어지며 좁아졌다. 하필이면 그때 구름 사이로 태양이 고개를 내밀어 너무 눈이 부셨다. 손을 들어 눈을 가리려는 찰나, 길 저편에서 무언가 무리지어 반짝이는 게 보였다. 처음엔 깨진 유리 조각이 널려 있는 줄 알았다.

그런데 조금 더 가까이 가서 보니, 깨진 유리 조각이 아니라 온갖 색유리로 만든 공예품이었다. 어떤 것은 주먹만 했고, 또 어떤 것은 그보다 더 크거나 아주 작았다. 모양도 다양해서 메뚜기 같은 곤충을 닮은 것도 있고, 종이학을 접어 놓은 모양이나 나비와 거미를 닮은 것도 있었다. 색깔도 아주 다양했다.

"우아! 이것 봐! 너무 예뻐! 새랑 메뚜기도 있고 잠자리도 있어. 벌레들이야, 벌레!"

제타가 한달음에 달려가 신이 나서 말했다. 주위를 돌며 좋아서 팔짝팔짝 뛰었다. 제나도 자기도 모르게 미소를 지으며 다가섰다.

"이런 걸 누가 왜 여기에다 내다 놓았을까? 한두 개도 아니고……."

은파가 주위를 살피며 말했다. 제나도 사방을 둘러보았지만 아무도 없었다. 그사이 제타는 살짝 무릎을 굽히고 앉아 손바닥만 한 유리 새를 집어 들었다. 날개는 파랗고 머리는 노란 새였다. 유리로 만들어서 그런지 화려하고 예뻤다. 제타가 그 새를 제나에게 내밀었다.

"웅! 정말 잘 만들었네. 얼핏 보면 진짜 새 같아. 금방이라도 날아갈 것만 같다. 제타, 이거 좋아?"

제나의 말에 제타는 날개를 편 새를 높이 들어 올리며 고개를 끄덕였다. 제나도 몸통은 빨갛고 흰 점이 박힌 노란색 날개가 있는 나비를 집어 들었다. 한 뼘 정도의 크기였는데 까만 더듬이와 다리까지 아주 정교했다.

"그것도 내가 가질래. 예뻐, 너무 예뻐! 내 거 해도 돼?"

제타는 나비를 가리키며 제나에게 졸랐다.

"그래, 알았어. 누나가 시내에 나가면 사 줄게."

바로 그때였다.

"제나, 제타! 그거 제자리에 놓고 이리 와! 어서!"

은파가 소리를 질렀다. 햇살에 비친 그녀의 얼굴이 몹시 굳어 있었다. 은파가 턱짓으로 가던 길 쪽을 가리켰는데 거기 누군가 서 있었다. 반짝이는 유리 동물들 너머에.

그는 건물들 사이로 떨어지기 시작한 해를 등지고 있었기 때문에 펄럭이는 망토의 실루엣만 보였다. 잠시 후 그가 조금 더 걸어와서 햇살을 완전히 가렸을 때, 제나는 기겁하고 말았다. 그는 다름 아닌 흰 가면을 쓴 남자였다. 어깨 위에 앉은 까마귀 때문에 그의 모습은 더 기괴해 보였다. 더구나 그 까마귀는 눈알이 파랬다. 유리로 만든 새였다.

가슴이 서늘해졌다.

영혼의 나비

유리마법사

"제타, 이리 와!"

제나는 다급히 제타를 끌어당기며 뒤로 물러났다. 제타가 들고 있던 새를 내려놓았다. 그때, 은파가 소리쳤다.

"달아나야 해!"

하지만 다음 순간, 제나는 기가 막힌 광경을 보고 말았다.

흰 가면이 두 손을 하늘로 올리고 무어라고 주문을 외기 시작했다. 그러자 남자의 어깨 위에 있던 까마귀가 휙 날아오르는 것이 아닌가!

'세상에! 저게 유리가 아니었단 말이야?'

더 놀랄 일은 그다음에 일어났다. 까마귀가 다른 유리 동물들의 머리 위를 날자 그들도 따라 움직이기 시작했다. 처음에는 잘못 보았다고 생각했다. 그런데 어떤 것은 천천히 날아올랐고, 어떤 것은 엉금엉금 기었으며, 또 어떤 것은 깡충깡충 뛰었다. 그러면서 모두 제나 일행을 향해 다가왔다.

"유리마법사야!"

은파가 중얼거리듯 말했다.

"그, 그게 뭐예요? 유리마법사라니?"

"예로부터 올리브 섬에는 유리에 숨을 불어넣는 마법사가 살았다는 전설이 있어. 내가 살던 그 시대에도 있었지."

그때였다. 뒷걸음질치던 제타가 입을 열었다.

"유리마법사에 관한 가장 유명한 기록은 나폴레옹이 베나로스를 점령했을 때야. 그를 따르던 어느 장교가 올리브 섬에 있는 한 가문의 유리 공장을 찾아갔어. 그리고 독수리 한 마리를 만들어 달라고 했지. 라마온이라는 유리 세공사가 날카로운 부리와 반짝이는 눈빛, 매서운 발톱이 있는 멋진 독수리 한 마리를 만들어 주면서 반드시 새장 안에 가두라고 당부했어. 하지만 장교는 유리로 만든 건데 설마 무슨 일이 생길까 싶어 부하들에게 잘 지키라고만 했어. 그런데 다음 날, 그 유리 독수리가 감쪽같이 사라진 거야. 그래서 장교는 부하들을 나무랐지. 그들이 훔쳐 갔거나 숨겼다고 생각했거든. 하지만 부하들은 독수리가 살아서 날아갔다고 증언했어. 장교는 병사들이 거짓말을 한다고 생각했지만, 독수리가 날아가는 걸 본 사람이 더 있었던 거야. 결국, 장교는 그 사실을 믿지 않을 수 없었지. 그 후 사람들 사이에서는 라마온이 유리에 생명을 불어넣는다는 소문이 돌았어."

제타의 긴 설명에 제나가 무심결에 눈살을 찌푸렸다. 그와 동시에 은파가 놀란 듯 물었다.

"잠깐, 지금 뭐라고 했지? 라마온?"

그러자 제타가 천천히 고개를 끄덕였다. 알 수 없는 서늘한 기운이 온몸을 감쌌다.

은파가 말했다.

"알 것 같아. 그렇다면 저자가 라마온 17세이거나 아니면 그와 관련 있는 사람일 거야."

그때 나비와 새와 벌, 이름을 알 수 없는 곤충들이 그들에게로 날아들었고, 메뚜기와 바퀴벌레, 거미나 지네처럼 생긴 것들이 아래쪽에서부터 기어올랐다. 제나가 먼저 제타 손을 잡고 뒤쪽으로 달리기 시작했다. 그러자 새들과 날개 달린 곤충들이 움직여 곧바로 그들의 앞을 가로막았다. 그래도 제나 일행이 빠져나가려 하자 이번엔 유리 동물들이 달려들 태세를 취했다. 만만치 않은 기세에 눌려 결국 제나와 제타, 그리고 은파까지도 멈출 수밖에 없었다.

유리 동물들이 세 사람을 에워쌌다. 셋은 서로 등을 대고 섰다. 하지만 제타는 지금이 어떤 상황인지 제대로 판단이 안 되는 듯 새와 곤충 들을 향해 손을 뻗었다.

"안 돼!"

제나가 소리치며 제타의 손을 붙잡았다. 그러고는 은파에게 물었다.

"어, 어떻게 해야 해?"

그러나 은파도 고개만 저을 뿐이었다.

유리 동물들은 일정한 거리를 둔 채 멈추어 서 있었다. 마치 명령을 기다리는 듯이. 새와 나비는 천천히 날개를 팔락이고, 곤충들은 더듬이를 쫑긋 세우고 고개를 갸웃거리면서.

얼마간의 시간이 지나자 흰 가면이 서서히 다가왔다. 그의 머리 위에는 유독 깃털이 까맣고 눈이 파란 새 한 마리가 천천히 맴돌고 있었다.

문득 남자가 말했다.

"이제 그만 돌아가거라. 너희 남매, 그리고 너도!"

흰 가면은 제나와 제타를, 그다음엔 은파를 차례로 가리키며 말했다. 하지만 세 사람 모두 아무런 대꾸도 하지 못했다. 그러자 흰 가면이 다시 말했다.

"이제 베나로스를 구할 방법은 없다. 내일이면 바다의 늑대가 몰려올 테고, 그러면 모든 게 끝날 테니까. 그 전에 돌아가거라. 이게 너희들에게 주는 마지막 기회다."

"너는 누구냐? 제3 연맹체의 사주를 받았는가?"

제나가 용기를 내서 물었다. 고작 그 몇 마디를 하면서도 목이 탔다.

"왜 많은 것을 알려고 하느냐? 그럴수록 더 위험해진다는 걸 모르는가? 돌아가라! 그리고 너! 여기서 끝내지 않으면, 네가 어디를 가든 쫓아가서 반드시 너를 찾아낼 것이다."

흰 가면은 제나와 제타에게는 타이르듯, 그리고 은파에게는 경고하듯 말했다. 그러는 사이에도 까마귀는 남자의 머리 위와 유리 동물들 사이를 날아다녔다.

하지만 제나는 미동도 없이 가만히 서 있었다. 은파 역시 움직이지 않았다. 그러자 흰 가면이 한 번 더 말했다.

"잘 생각하거라. 태양이 지붕이 둥근 저 건물 아래로 떨어질 때까지 시간을 주마."

시간이 많지 않았다. 해는 이미 서쪽 편에 솟은 둥근 지붕에 절반이나 가려져 있었다. 태양이 완전히 사라지기까지 채 10분도 걸리지 않을 것이다.

제나가 침을 꿀꺽 삼키며 은파에게 눈빛을 보냈다.

'여기서 물러설 수는 없어요!'

제나의 말을 알아들은 것일까. 은파가 고개를 끄덕였다.

잠시 후, 붉은 해가 아주 빠른 속도로 둥근 지붕 아래로 내려갔다. 흰 가면이 아까보다 더 또렷하게 보였다. 무슨 의미인지, 그가 고개를 두어 번 가로저었다. 그러고는 한 손을 들어 올리며 또 무어라고 외쳤다. 그러자 노란 나비와 흰나비 몇 마리가 유리 동물들 사이에서 날아올랐다.

그중 두 마리가 나풀거리며 제타에게 다가갔다. 제나가 손을 뻗어 나비를 쫓으려 했지만 도리어 나비가 제타의 손등을 할퀴고 지나갔다.

"아앗!"

제타가 비명을 질렀다. 제타의 손등에 새빨간 줄 두어 개가 그어져 있었다. 곧바로 다른 나비가 달려들었고 제나가 손날치기로 나비를 내려쳤다. 바닥에 떨어진 나비가 쨍그랑 소리를 내며 산산조각 났다.

그게 끝이 아니었다. 새 한 마리가 날아오더니 이번에는 은파의 얼굴을 할퀴고 지나가 두 줄의 생채기를 냈다. 정신을 차리기도 전에 메뚜기처럼 생긴 곤충 몇 마리가 뛰어올라 제나의 다리에 달라붙어 물어뜯기 시작했다. 바지 위에서 물었는데도 엄청 따끔거렸다.

"아야얏!"

옆에서는 제타가 소리치며 몸 여기저기에 붙어 있는 벌레들을 떼어 내 바닥에 내던졌다. 유리 벌레들이 산산조각 났다. 제나는 발 앞으로 기어 오던 손바닥만 한 거미를 발로 걷어찼다. 유리 거미도 부서졌다. 잇따라 빨간 부리에 갈색 날개가 달린 새를 앞차기로 떨어뜨렸다. 은파도 바닥에 기어다니는 유리 곤충들을 발로 짓이겼다. 바닥이 금세 유리 파편들로 가득했다.

그런데도 유리 동물들은 끊임없이 꾸역꾸역 기어 나왔다.

"헉헉!"

"끝도 없어. 계속 몰려와!"

베나로 스톤

유리 동물들은 기어이 그들의 바지에 달라붙어 다리를 쪼아 댔고, 새들은 머리를 쥐어뜯었다. 가슴팍까지 기어 올라오는 녀석도 있었다. 부지런히 떼어 내도 곧바로 또다시 달라붙었다. 제타는 겁에 질려 아예 주저앉아 버렸다.

제나는 이러다가 온몸이 유리 곤충들에게 뜯길지도 모른다는 생각이 들었다.

그때 흰 가면이 말했다.

"이래도 포기하지 않을 테냐? 이제 내 작은 친구들이 너희 몸을 조금씩 갉아먹을 텐데도?"

"안 돼!"

은파가 외쳤다. 하지만 흰 가면은 잠시 움찔했을 뿐 다시 주문을 외기 시작했다. 그러자 파란 눈의 까마귀가 쏜살같이 날아와 은파의 어깨를 할퀴고 지나갔다. 옷이 찢어져 한쪽 어깨의 맨살이 드러났다.

그것으로도 끝이 아니었다. 까마귀는 허공을 한 바퀴 돌아 다시 은파를 향해 빠른 속도로 돌진했다.

"아아아!"

겁먹은 은파가 비명을 질렀다. 피할 곳도, 피할 수도 없어 보였다. 제나는 몸에 붙은 곤충을 대충 떼어 내고 은파에게 뛰어갔다. 그러고는 몸을 날려 은파의 가슴을 향해 달려드는 까마귀를 발로 걷어찼다.

"퍽! 쨍그랑!"

귀를 찢을 듯 유리 깨지는 소리가 들렸고, 까마귀는 멀리 나가떨어졌다. 바로 그때 제타의 비명이 들려왔다.

"아아악!"

제타의 온몸이 곤충 떼로 뒤덮여 있었다. 제나와 은파가 재빨리 달려가 곤충들을 떼어 냈다. 하지만 이미 제타의 몸속으로 파고든 놈이 있었다. 제타가 고통스럽게 온몸을 꿈틀거리는가 싶더니 팔다리와 얼굴에서 피가 흘렀다. 금세 제타의 몸이 축 늘어졌다.

"제타! 안 돼! 정신 차려!"

"소용없어. 흰 가면의 주술을 풀지 못하면 곤충들은 멈추지 않을 거야!"

은파의 말이 끝나자마자 제나가 벌떡 일어나 흰 가면에게 달려들었다.

"제타에게 무슨 일이 생기면 네놈의 숨통을 끊어 버릴 테다!"

제나는 주먹을 휘두르며 다리를 쭉쭉 뻗었다. 그러나 흰 가면은 생각보다 빠르게 피했다. 아니, 도리어 돌려차는 제나의 발을 밀어 제나는 중심을 잃고 비틀거렸다. 재빨리 몸을 추스른 제나는 쉬지 않고 공격했다. 피하느라 바쁘던 흰 가면이 뒤로 물러나다가 벽에 부딪혔다. 그때였다. 제나가 그 틈을 놓치지 않고 흰 가면의 턱을 돌려찼다.

"어우욱!"

흰 가면이 옆으로 쓰러졌다. 하지만 곧장 일어나 품속에서 칼을 꺼내 들었다. 제나는 주춤했지만 피할 생각은 없었다. 다시 싸울 자세를 취했다.

바로 그때였다.

"아아아악!"

뒤편에서 비명이 들렸다. 얼른 돌아보니 제타를 돌보던 은파가 파르르 떨며 소리를 지르고 있었다. 제나는 반사적으로 달려갔다.

제타 주위로 파란빛 햇무리 같은 게 번져 있었다. 제타는 몸을 잔뜩 움츠리고 있었고 제타의 온몸에 달라붙어 있던 유리 곤충들이 힘을 잃고 흐물거리더니 곧 형체를 잃고 녹아내렸다. 흘러내린 유리 액체는 마치 물감 방울처럼 바닥에 노랗고 파랗고 까만 점을 만들었다.

"제타, 괜찮……? 아악!"

제나가 손을 뻗어 제타의 어깨에 손을 대는 찰나, 엄청나게 뜨거운 열기가 느껴졌다. 그 바람에 반사적으로 손을 거두어들였다.

"제타!"

제나는 한 번 더 크게 이름을 불렀다. 그제야 웅크리고 있던 제타가 고개를 들었다. 그 순간 제타의 품속에서 짙은 파란빛이 뭉쳐 있는 게 보였다. 제타가 걸고 있는 목걸이에서 뿜어져 나오는 빛이었다.

'아, 베나로 스톤!'

왕국의 후손을 지켜 준다는 전설의 돌이 빛나고 있었다.

잠시 후 유리 곤충들이 모두 녹아내려 바닥에 떨어지고 나서야 서서히 목걸이의 빛이 사그라들었다. 그러나 아직 안심할 때가 아니었다. 빛이 사라지자 제타가 기운을 잃고 그 자리에 폭 쓰러졌다.

"제타! 정신 차려!"

제나는 제타를 품에 끌어안았다. 제타는 잠시 정신을 잃은 것 같았다.

"제나, 여기서 얼른 빠져나가야 해. 유리마법사가 다시 오고 있어."

과연 흰 가면이 다가오고 있었다. 게다가 아까처럼 또다시 주문을 외는 것 같았다. 아니나 다를까. 아직 온전한 형체로 남아 있던 유리 곤충들이 다시 움직이기 시작했다.

제나는 이러지도 저러지도 못한 채 제타를 끌어안고 어쩔 줄 몰라 쩔쩔맸다.

그때였다. 바로 코앞까지 다가왔던 곤충들이 그 자리에 우뚝 멈추었다. 뒤돌아보니 흰 가면이 무언가에 맞아 뒤로 넘어지고 있었다.

"가리온 아저씨가 왔어!"

수로 저편에서 새까만 루나 보트 한 대가 빠르게 다가오고 있었다. 가리온 아저씨였다. 아저씨는 보트 위에서 투석구를 휘두르고 있었다. 흰 가면은 가리온 아저씨가 날린 돌에 맞은 것 같았다.

잠시 후 돌이 한 번 더 날아갔다. 꽤 거리가 있는데도 돌이 바람을 가르는 소리가 또렷이 들렸다. 날아간 돌은 막 일어나려는 흰 가면의 가슴팍을 정확히 맞추었다. 흰 가면이 다시 비틀거렸다.

흰 가면은 금세 다시 일어나 몸을 가누고는 잠시 가리온 아저씨를 마주 보았다. 그때 세 번째 돌팔매가 날아들어 흰 가면의 망토 자락을 맞추었다. 흰 가면이 움찔하며 옆으로 물러섰다. 그러고는 더는 안 되겠다 싶었는지 몸을 돌려 날개가 깨진 까마귀를 주워 들고 빛바랜 분홍빛 건물 밑으로 난 터널로 사라졌다.

"가리온 아저씨!"

은파가 소리치며 달려가 루나 보트에서 내려 성큼성큼 걸어오던 가리온 아저씨의 품에 안겼다. 아저씨는 무슨 말을 하려고 입을 움찔거렸지만, 끝내 아무 말도 하지 못했다. 그 대신 얼른 제타를 일으켜 안고 루나 보트로 향했다. 제나도 종종걸음으로 뒤따라갔다.

운명의 아이

제타는 다행히 순례자의 집에 도착하자마자 깨어났다. 그리고 아무 일도 없었다는 듯 헤실거렸다. 배고프다며 빵을 집어먹었고 방 안에 걸린 가면들을 꺼내서 썼다 벗었다 하면서 놀았다. 그러더니 얼마 안 지나 잠이 온다며 침대에 누워 금방 코를 골았다.

제나는 어이없기도 하고 신기하기도 했다.

'휴우!'

안도의 숨이 저절로 나왔다. 평소처럼 편안한 얼굴로 잠이 든 제타를 보니 비로소 긴장이 풀렸다. 그러나 그것도 잠시, 제타의 가슴을 휘감았던 파란빛이 떠올랐다. 제타를 둘러쌌던 유리 곤충들이 녹아내리던 모습도 생생했다.

'제타에게 무슨 일이 있었던 것일까?'

제나는 가만히 손을 뻗어 제타의 목에 걸린 별꽃 모양의 펜던트를 조용히 내려다보았다. 짧은 순간에 온갖 복잡한 심경이 들끓었다. 경건함은 물론이고 뜻 모를 아쉬움까지.

초록빛 웅덩이를 향해 가던 어느 날 밤, 그때도 제타는 천진난만한 얼굴로 잠들어 있었다. 모닥불에 비친 제타의 얼굴을 내려다보면서 하야로비가 말했었다.

"거친 갯벌 위에 도시를 건설한 지 꼭 백 년이 되었을 때, 우리를 바다 쪽으로 내몰았던 육지 부족이 침략해 왔단다. 많은 사람이 그들의 칼날에 베이고 쫓겨서 바닷물로 뛰어들어야 했지. 어떤 이들은 죽음이 두려워 그들의 노예가 되기도 했고, 또 몇몇은 스스로 목숨을 끊었어. 베나로자 왕국은 더는 가망이 없어 보였단다.

그때 베나로자 1세가 홀로 바다로 나가서 신께 외쳤어.

'신이시여! 베나로스를 지켜 주십시오. 베나로스가 살아날 수만 있다면, 당신을 위해 무엇이든 하겠습니다.'

그러자 신이 대답했지.

'무슨 일이 있어도 베나로스를 외면하지 말라. 이 약속을 지키면 너의 왕국은 영원하리라!'

베나로자 1세가 그리하겠노라고 대답하자마자 온 세상이 캄캄해졌어. 사흘 동안 별도 달도 뜨지 않았지. 사방에서 사나운 짐승들이 떼를 지어 울어 대는 통에 사람들은 공포에 떨었어. 물론 침략자들도 전쟁을 멈추었지. 그들도 무섭기는 마찬가지였거든. 그렇게 나흘째가 되던 날, 남쪽 하늘에서 눈부신 빛이 쏟아지는가 싶더니 동쪽 하늘에서 짙디짙은 파란빛의 유성이 떨어졌어. 그것도 하필이면 침략자들이 머물던 서쪽 해안으로 말이야. 거대한 폭발과 함께 침략자들의 절반이 죽는 바람에 살아남은 침략자들은 혼비백산해서 도망쳤지. 베나로자 1세는 도망치는 침략자들을 따라가 산맥 너머까지 쫓아 버렸단다. 그리고 돌아와서 유성이 떨어진 그 자리에 대종탑을 세우기로 했어.

그 자리에 떨어진 유성이 어떻게 됐는지 궁금하겠지? 그래, 침략자들이 달아난 자리에 거대한 돌이 떨어져 산산조각 나 있었지. 그런데 그 한가운데 파란빛이 감도는 손바닥 반만 한 돌 하나가 박혀 있었어. 처음부터 그랬는지 아니면 떨어져 부서지면서 그랬는지는 몰라도 별꽃을 닮았더란다. 그 돌은 무거웠지만 가벼웠고, 빛나는 듯했지만 어두웠어. 신비하게 보이기도 했지만, 또 어찌 보면 아주 평범한 돌이었단다. 사람들은 그 돌을 '베나로 스톤'이라 불렀어.

그래, 베나로 스톤은 누가 만지면 가볍고 빛나고 신비로웠지만, 또 다른 누가 쥐면 무거워서 들 수도 없고 빛도 안 나며 그저 평범한 돌에 불과했어. 그래서 베나로자 1세는 죽기 전에 13명의 왕자와 공주를 불러 놓고 한 사람 한 사람 돌아가며 목에 걸어 보게 했지. 그런데 아홉째 왕자가 목에 걸었을 때만 빛이 난 거야. 그래서 베나로자 1세는 아홉째 왕자를 후계자로 정하고 그에게 왕위를 물려주었지. 그가 바로 베나로자 2세야. 이 전통은 이후 계속 이어졌단다.

맞아, 이 목걸이를 제타에게 준 것은 제타의 목에 걸었을 때 가장 밝은 빛이 났기 때문이야."

하야로비의 목소리가 생생했다. 그날 밤 일이 타닥타닥 타들어 가던 모닥불처럼 또렷하게 기억이 났다. 그 이후 했던 말과 자신의 속마음까지 모두. 하야로비는 '네가 이해해야 한단다. 네 목에 걸었을 때도 빛이 났지만……' 하고 말하며 말끝을 흐렸었다.

그러자 제나의 머릿속이 돌연 복잡해졌다. 무심코 '나도?' 하고 스스로에게 묻는 순간 갑자기 가슴이 서늘해지는 걸 느꼈다. 뒤이어 '그럼 난 왜?'라고 다시 한번 스스로 되물어 보았다. 얼마 후 제나는 수긍하듯 고개를 끄덕였다.

'그래, 난 적자가 아니라 서자니까. 하긴 그 때문에 나는 늘 궁 밖으로 나다니며 궁궐 수비대를 따라다녔던 거잖아. 살기 위해서라도 그래야 했고.'

제나는 스스로 이렇게 대답하고는 피식 웃었다. 하야로비가 쳐다보았지만, 신경 쓰지 않았다.

"후우!"

제나는 숨을 깊이 들이쉬었다가 내쉬었다. 그러고는 다시 제타의 얼굴과 목에 걸린 베나로 스톤을 내려다보았다.

'어떻게⋯⋯?'

제나의 입에서 제일 먼저 나온 말이었다. 정말로 베나로 스톤에 어떤 능력이 있는 걸까. 유리 동물들에게 할퀴고 찢긴 상처가 감쪽같이 사라진 것을 보면⋯⋯. 제나는 자기도 모르게 베나로 스톤에 손을 댔다. 아무런 느낌이 없었다. 아까처럼 빛이 나지도 않았다. 제나는 힘주어 별꽃을 잡아 보기도 하고 조금 당겨 보기도 했다.

찾을 수 없는 흔적

그때 문 열리는 소리가 들리며 은파가 들어왔다.

"어떻게 됐어요?"

제나가 반사적으로 물으며 얼른 베나로 스톤을 내려놓았다.

은파는 고개를 저었다. 표정이 어두웠다.

"주변의 큰 유리 공예 상점을 다니면서 거미 문양의 유리그릇을 아느냐고 물어봤는데, 그 그릇은 알아도 공장을 아는 사람은 없었어."

"그럼……?"

"올리브 섬에서 왔다는 사람도 찾아봤는데 아무도 아는 사람이 없어. 죄다 꼭꼭 숨었어."

은파는 다시 한번 고개를 가로저었다.

라마온을 찾을 가능성은 없어 보였다. 그 사실을 인정하니 더 두려웠다. 철저히 숨었다는 것은 정말로 알 수 없는 위험이 목전에 닥쳐왔다는 뜻이나 다름없었다.

"그럼 이제 어떻게 하지?"

"바람이 불고 있어. 게다가 이미 달도 가려졌고. 이제 곧 거대한 바다의 늑대가 불어올 거야."

은파는 대답 대신 이렇게 말했다. 때마침 창문이 덜컹거렸다. 동시에 대종탑의 종소리가 은은하게 들리더니 사자의 울음소리가 환청으로 찾아왔다. 제나는 갑자기 머리가 아파 왔다.

'이제 정말 방법이 없는 걸까?'

제나가 고개를 저으며 깊은숨을 내쉬었다.

"시간이 없어."

은파가 말했다.

제나는 자리에서 일어나 발코니로 나갔다. 바다가 훤히 내다보였다. 은파 말대로 찝찔름한 냄새가 흠뻑 밴 바람이 뺨을 때렸다. 멀리 큰 바다에서 불어오는 바람이 틀림없었다.

'바다의 늑대다!'

은파가 다가와 제나를 달래듯 말했다.

"그래도 너무 낙심하지 마. 내일 아침 일찍 다시 상점들을 찾아볼 거야. 골동품점까지 모두. 누군가는 라마온의 흔적을 알고 있을지도 몰라."

제나는 고개를 끄덕였지만, 드넓은 모래밭에서 바늘 찾기나 다름없는 일이었다. 게다가 바다의 늑대가 밀어닥치기 전까지 베나로스의 유리 상점을 다 돌아보기도 어렵다는 것만은 분명했다.

'어떻게 해야 할까?'

제나는 자꾸 답 없는 물음만 반복했다. 얼마쯤 시간이 지났을까? 문득 무언가 머릿속을 스쳤다. 차마 입에 담고 싶지 않았지만, 이제는 확인해야 했다.

"33년 후의 미래에서 제타가 사고를 당한 곳이 어디라고 했죠? 혹시 기억나요?"

"글쎄, 어쩌면……."

"만약 내가 그때 그곳에서 팔색거미단에게 쫓겼다면, 거기가 바로 팔색거미단과 관련된 곳일 수 있어요. 팔색거미단도 그걸 알았으니까 나를 쫓았겠죠."

은파는 아무 대답 없이 그럴듯하다는 표정으로 고개를 끄덕였다. 제나가 다시 물었다.

"기억할 수 있어요? 그곳이 어딘지?"

"음, 그때는 이미 베나로스가 지금보다 더 많이 물에 잠긴 뒤라서 현재의 모습과는 달라. 하지만 한번 기억해 볼게."

"일단 가 봐야 할 것 같아요. 거기에 무언가 있는 게 분명해요."

제나는 확신에 찬 어투로 말했다.

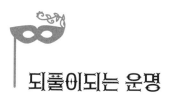

되풀이되는 운명

날개 잘린 까마귀

엊그제도 느꼈지만, 가리온 아저씨의 루나 보트는 다른 보트들보다 훨씬 빨랐다. 저만치 앞서가던 다른 루나 보트 두 대를 금방 추월해 버렸다. 하지만 제나에겐 아저씨의 보트가 느리게만 느껴졌다. 그래서 자꾸만 엉덩이를 들고 달리는 루나 보트의 앞쪽을 쳐다보다가 다시 뒤를 돌아보길 반복했다.

제나는 골똘히 생각에 잠겼다.

'거기엔 무엇이 있을까? 제타는 왜 그곳에서 실종되었을까? 33년 후의 나는 거기서 무얼 찾으려고 했던 걸까?'

이른 아침부터 검게 물든 하늘을 올려다보면서 제나는 자꾸만 조바심이 났다.

그렇게 얼마를 달렸을까?

가리온 아저씨가 좁은 수로로 방향을 틀었다. 루나 보트 두 대가 지나가기조차 어려울 만큼 상당히 좁았다. 당장 반대편에서 또 다른 루나 보트와 마주친다면, 틀림없이 부딪칠 것 같았다. 하지만 가리온 아저씨는 양쪽으로 짙은 회색 벽돌 건물이 맞닿을 듯 바짝 붙어 있는 그 좁은 수로를, 양 벽에 한 번도 부딪치지 않고 잘도 노를 저어 갔다.

사방이 조금 더 캄캄해졌다. 수로 옆 높은 건물이 그림자를 드리운 탓이었다. 으스스한 느낌마저 들었다. 제나의 몸이 저절로 움츠러들었다. 하지만 제타는 달랐다. 그런 와중에도 이리저리 둘러보면서 모든 게 신기하다는 표정이었다.

좁은 수로를 빠져나가자 다시 넓은 수로가 나타났다. 좀 더 바다와 가까워졌는지 물결이 더 거칠어졌다. 그때 은파가 가리온 아저씨에게 뭐라고 말하는가 싶더니 루나 보트의 속도가 느려졌다. 은파는 부리나케 사방을 두리번거리며 자꾸 고개를 갸웃거렸다. 그러다가 가리온 아저씨에게 어느 한 방향을 가리켰다. 그러자 루나 보트가 5~6층짜리 붉은 벽돌 건물을 향해 다가갔다.

붉은 벽돌 건물 양쪽으로는 높고 낮은 건물들이 줄지어 늘

어서 있었다. 루나 보트가 그 앞에서 여러 번 맴을 돌고 나서야
마침내 은파가 말을 꺼냈다.

"여기 어디쯤이었던 것 같아."

제나가 반사적으로 몸을 일으켜 사방을 살폈다. 건물들을 둘
러보고 수로 양쪽으로 나란히 난 길을 걷는 사람들을 쳐다보았
다. 하지만 아무것도 기억나지 않았다. 몇 번을 보고 또 봐도 머
릿속에 떠오르는 건 없었다.

"왜 하필 이곳이었을까?"

제나가 중얼거리자 은파는 무언가 생각난 듯 3층짜리 흰색
건물 쪽을 가리키며 말했다.

"저쪽에 상점들이 빽빽하게 모여 있어. 식당, 아이스크림 가
게, 유리 공예 상점, 가면 파는 상점들⋯⋯."

제나는 공연히 조바심이 났다.

'도대체 내가 여기에 왜 왔었지? 어서 기억해 내. 제발!'

제나는 자신에게 애타게 말해 보았지만 야속하게도 아무 기
억도 나지 않았다. 눈을 감았다가 떠 봐도, 이리저리 눈이 빠지
도록 쳐다봐도 마찬가지였다.

그때 제타가 제나의 어깨를 흔들며 하늘을 가리켰다. 아, 거
기에 까마귀가 있었다. 어제 집요하게 제타를 공격했던 그 유리
까마귀. 놈은 한쪽 날개 끝이 부러졌지만, 제나 일행의 머리 위

를 서너 번이나 유유히 맴돌다가 뒤편으로 날아갔다.

그런데 까마귀가 날아간 쪽에서 루나 보트 세 대가 천천히 다가오고 있었다. 게다가 가운데 있는 루나 보트 맨 앞에는 흰 가면이 타고 있었다.

"은파!"

"알아. 나도 봤어!"

은파가 흰 가면 쪽을 쳐다보면서 짧게 대답하고는 곧바로 가리온 아저씨에게 말했다.

"일단 여기서 피해야 해요."

가리온 아저씨가 서둘러 루나 보트의 방향을 빨간 벽돌 건물 반대편으로 돌렸다. 그러나 아저씨가 할 수 있는 일은 딱 거기까지였다. 곧바로 예닐곱 마리 정도 되는 까마귀가 날개 부러진 까마귀를 앞세우고 연이어 날아왔기 때문이다. 놈들 가운데 몇몇은 루나 보트의 앞쪽을 막아섰고 또 몇몇은 머리 위를 떠돌며 위협했다.

"윙! 위이잉!"

기분 나쁜 바람 소리가 났다. 가리온 아저씨가 놈들을 향해 노를 휘두르자 한 마리는 날개를, 다른 한 마리는 머리를 부딪쳐 박살이 났다. 하지만 나머지 새들이 더 거칠고 사나운 기세로 달려들었다.

제나는 제타를 보트에 바짝 엎드리게 한 뒤 이리저리 몸을 돌려 가며 새들의 접근을 막았다.

바로 그때, 보트 뒤편에서 낮게 날아온 새 한 마리가 제타에게 극성스레 덤벼들었다. 제나는 재빨리 주먹을 휘둘러 그 새를 쳐 냈다.

"아앗!"

새는 쩽그랑 소리를 내며 부서졌지만, 대신 제나는 손에 상처를 입었다. 심한 통증을 느꼈고 새끼손가락에서 금세 피가 배어 나왔다. 그러는 동안 보트가 출렁거렸다. 제나는 중심을 잃고 넘어졌지만 재빨리 일어나 중심을 잡았다. 하지만 계속해서 보트가 흔들리면서 덩달아 몸이 휘청거리기를 반복했다. 그때 뒤쪽에서 흰 가면이 탄 루나 보트가 제나 일행의 보트를 들이받았다.

"아악!"

제나가 비명을 지르며 앞으로 엎어졌다. 그 틈에 새 한 마리가 또 달려들었고, 제나는 앉은 채로 발을 뻗어 올려 그 새를 떨어뜨렸다. 제타의 구부린 몸 위로 부서진 새의 유리 파편이 떨어져 내렸다. 황급히 일어난 제나는 보트 앞쪽으로 가서 가리온 아저씨의 발밑에 놓여 있던 투석구를 집어 들었다. 그러고는 투석구를 휘두르며 새가 달려들기를 기다렸다.

이번에는 새가 오른쪽에서 날아왔다. 제나는 돌을 날려 보내지 않고 연신 투석구를 휘두르며 새를 쫓았다. 한 마리가 투석구에 맞아 떨어졌다. 그때 보트 앞쪽에서도 가리온 아저씨가 휘두른 노에 맞은 새 한 마리가 쌩 소리를 내며 산산조각이 났다. 은파는 보트 바닥에서 제타를 끌어안은 채 쪼그려 앉아 있었다.

문제는 그다음이었다. 흰 가면이 탄 보트가 미끄러져 오는가 싶더니 반대편에서도 다른 배 한 대가 돌진해 왔다.

제나는 왼쪽 배를 향해 투석구를 휘둘렀다. 귓가에 바람을 가르며 윙윙대는 소리가 들렸다.

"휙!"

제나가 날린 돌이 흰 가면을 정확히 맞추었고, 가까이 다가오던 흰 가면이 휘청거렸다. 동시에 흰 가면이 탄 루나 보트가 옆으로 밀려났다. 잠시 후, 오른쪽에서 접근하던 보트도 가리온 아저씨의 노에 걸려 다른 방향으로 비켜 갔다.

하지만 그 순간, 또 다른 쪽에서 접근하던 세 번째 루나 보트가 제나 일행이 탄 보트 뒤꽁무니를 들이받았다. 제나가 넘어지며 바닥으로 굴렀다.

"아악!"

보트 난간에 머리를 부딪친 제나가 비명을 질렀다. 너무 아파

서 한참을 일어날 수가 없었다. 겨우 정신을 차리고 무릎을 폈을 때, 흰 가면이 이쪽 보트로 넘어오고 있었다. 그 여파로 보트가 심하게 흔들렸다.

은파가 창백한 낯빛으로 중얼거렸다.

"이거였어……!"

제나가 은파의 얼굴을 빤히 쳐다보자 은파가 한마디를 덧붙였다.

"시간의 역류가 만들어 내는 또 다른 현상!"

"네?"

"미래에서 일어난 일이 과거에서 반복되는 거야. 시간 여행자가 과거로 가서 미래를 바꾸려 할 때, 시간은 원래의 결과를 만들기 위해서 특정한 사건이 미리 일어나도록 하는 거 말이야."

"그게 대체 무슨 말이에요?"

은파가 하는 말을 한마디도 이해할 수 없었던 제나는 그저 흔들리는 루나 보트에서 고개를 갸웃거릴 뿐이었다. 그때였다.

"누나!"

제타가 잔뜩 겁에 질린 얼굴로 벌떡 일어나며 소리치더니 은파의 손을 잡고 제나에게 달려왔다. 제나는 얼른 제타를 제 뒤로 숨겼다. 시간의 역류 현상 따위는 나중에 되짚어 보면 될 일이고, 지금은 어떻게든 제타를 지켜야 했다.

제나는 투석구를 한 손으로 꽉 쥔 채 흰 가면 앞에 섰다. 그런데 흰 가면을 마주하고 나서야 투석구 주머니에 돌이 들어 있지 않다는 사실을 깨달았다.

하는 수 없었다. 제나는 투석구의 긴 줄을 양손에 잡고 흰 가면이 든 칼을 노려보았다. 두 뼘이 조금 안 되는, 활처럼 휘어진 칼이었다. 은색 날이 섬뜩하게 빛났다.

흰 가면은 흔들리는 보트 위에서 절묘하게 중심을 잡으며 한 발짝씩 다가왔다. 제나는 호흡을 깊이 내쉬었다. 이윽고 흰 가면이 딱 두 발짝 더 나오면서 칼을 앞으로 쭉 뻗었다. 제나는 지금이 기회라고 판단했다. 아직 서로 거리가 있었으므로 흰 가면의 행동은 단순히 위협하려는 동작에 불과했다. 버거운 상대를 만났을 때는 도리어 빠른 공격이 최선이라고 배우지 않았던가.

제나는 재빨리 앞으로 나서면서 칼을 든 흰 가면의 팔을 투석구 줄로 휘감았다.

"어엇!"

흰 가면이 당황해서 짧은 비명을 내질렀다. 그러면서 곧장 팔을 뒤로 빼내려고 힘을 주었다. 하지만 그보다 앞서 제나가 투석구 줄에 힘을 주며 끌어당겼다. 예상대로 흰 가면의 몸이 앞으로 굽으며 휘청거렸고 칼이 바닥으로 떨어졌다.

칼이 나뒹구는 걸 확인한 제나는 무릎으로 흰 가면의 어깨를 차올렸다.

"어억!"

흰 가면이 비명을 지르며 비틀거렸다. 제나는 잽싸게 칼을 주워 물속으로 던져 버렸다. 그런 다음 투석구 줄을 다시 바짝 쥐고 한 걸음 나아갔다. 하필 그때, 뒤편에서 커다란 충격이 전해졌다. 가리온 아저씨에게 밀려났던 보트가 다시 이쪽 보트를 들이받은 것이었다.

큰 충격에 휘청거리던 제나는 흰 가면과 뒤엉키고 말았다. 제나는 흰 가면과 뒤엉킨 채로 주먹과 발을 휘둘렀고 그의 머리를 들이받았다. 그러나 그것도 잠시, 반대편에서 또다시 충격이 가해졌고 그 바람에 제나와 흰 가면은 서로 멀어졌다.

바로 그때 누군가의 비명이 들려왔다.

"아아앗!"

가리온 아저씨가 건너편 보트로 가서 버둥거리던 또 다른 흰 가면을 물속으로 처박고 있었다. 그런데 제타와 은파가 보이지 않았다.

제나는 얼른 일어나 주위를 둘러보았다. 제타와 은파, 둘 다 물에 빠져 허우적거리고 있었다.

"제타! 은파!"

제나는 연이어 두 사람의 이름을 부르며 그편으로 몸을 움직였다.

그 순간 흰 가면이 제나의 어깨를 잡아 젖히더니 목을 조르려고 손을 뻗었다. 제나는 재빨리 피하며 흰 가면의 옆구리를 주먹으로 세게 쳤다. 흰 가면이 헉 소리를 내면서 옆으로 나가떨어졌다. 그러면서도 끈질기게 난간 밖으로 몸을 굽히는 제나의 발목을 붙잡았다.

"야아아아!"

제나가 온 힘을 다해 다른 발로 흰 가면의 팔을 걸어찼다. 흰 가면이 맥을 못 추고 옆으로 나뒹굴었다. 그 틈에 제나가 다시 배의 난간 쪽으로 몸을 돌렸지만 또 한 번 보트에 큰 충격이 가해지는 바람에 제나는 다시 넘어지고 말았다.

난간 모서리에 머리를 부딪힌 제나는 금방 일어나지 못했다.

'안 돼!'

제나는 아픔을 참으며 억지로 몸을 일으켜 겨우 중심을 잡았다. 그사이 흰 가면은 자신이 타고 온 보트로 건너갔다. 다행이었다. 제나는 급히 난간으로 달려갔다. 그런데 허우적거리던 제타도 은파도 온데간데없이 사라지고 없었다.

사라진 아이들

"제타! 은파!"

제나가 소리쳐 부르며 사방을 살펴보았다. 하지만 어디에도 두 사람의 모습은 보이지 않았다.

"제타, 어디 있어? 은파, 대답해 봐요."

연거푸 소리를 질렀지만 소용없었다. 더구나 보트가 움직이고 있어서 제타와 은파가 어느 지점에서 가라앉았는지조차 가늠하기 어려웠다.

당황한 제나는 불길한 기운에 사로잡혔다.

"가리온 아저씨, 배를 멈춰요. 저쪽에서 은파와 제타가 사라졌단 말이에요. 아니, 저쪽…… 저쪽 말이에요!"

제나가 갈피를 잡지 못하고 허둥대자 가리온 아저씨가 노를 저어 배를 움직이기 시작했다.

제나는 답답해서 견딜 수가 없었다.

급한 마음에 제타와 은파가 허우적거리던 곳을 가늠해 무조건 물속으로 몸을 날렸다. 물속은 비교적 맑았지만, 오가는 물고기 외에는 아무것도 보이지 않았다. 더 깊이 내려가 봐도 마찬가지였다. 이리저리 둘러보아도 찾을 수가 없었다. 한쪽으로 헤엄쳐 가면 건물 벽만 보였다.

제나는 한참 만에 물 밖으로 나왔다. 숨이 턱까지 차올랐다. 숨을 몰아쉬며 사방을 둘러보았다. 저편에 가리온 아저씨의 루나 보트가 보였다.

"헉헉! 가리온 아저씨, 은파는요? 제타가 보이지 않아요."

가리온 아저씨는 손을 내밀어 제나를 끌어 올려 주고는 곧바로 윗옷을 벗고 쏜살같이 물속으로 뛰어들었다. 그런데 한참이 지나도 나오지 않았다.

"하아!"

이번엔 가리온 아저씨마저? 불현듯 안 좋은 생각이 밀려오자 제나는 다시 한번 몸을 떨었다.

가리온 아저씨는 한참 만에 물 밖으로 얼굴을 내밀었다.

"가리온 아저씨, 제타는 어디 있어요? 은파는 어디로 갔냐고요? 설마……?"

다급하게 묻던 제나가 제풀에 그만 입을 닫고 말았다. 불길한 생각이 떠올랐기 때문이다. 온몸이 얼어붙기라도 한 듯 움직일 수가 없었다.

'너는 혼자 돌아갔어.'

은파는 분명히 그렇게 말했다. 터무니없는 말이라고 생각했는데, 어쩌면 그럴 수도 있겠다는 두려움 앞에 제나는 뭘 어떻게 해야 할지 알 수 없었다. 아니, 방금 은파가 말하지 않았던가.

시간의 역류 현상이라고! 시간 여행자 때문에 미래에서 일어나야 할 일이 과거에서 미리 반복된다고. 그렇다면 시간은 이미 정해진 미래를 만들기 위해 제타를……

'안 돼! 그럴 리 없어!'

제나는 세차게 고개를 흔들었다.

'정말 난 혼자 돌아가야 할까? 시간의 역류가 사실이라면, 제타를 꼭 지켜 달라던 엄마에게는 뭐라고 말하지?'

눈물이 쉴 새 없이 흐르고 온몸이 파르르 떨렸다. 도무지 어떻게 해야 좋을지 막막하기만 했다.

"가리온 아저씨! 제발 대답 좀 해 봐요. 은파와 제타는 어떻게 된 거냐고요, 네?"

그래 봐야 소용없는 넋두리라는 걸 모르지 않았다. 그런데도 지금 눈앞에 닥친 현실을 감당할 수 없어서 제나는 소리라도 질러야 했다.

그때 가리온 아저씨가 노를 내려놓고 마치 꿇어앉기라도 하듯 제나 앞으로 몸을 수그렸다. 그러고는 제나의 손바닥을 펼치더니 손가락으로 무어라고 쓰기 시작했다. 제나는 무슨 영문인지 몰라 눈만 깜빡거렸다. 아저씨가 찬찬히 글씨를 다시 썼다.

가면!

그래도 제나가 고개를 갸웃거리자 가리온 아저씨는 한 번 더

'가면'이라고 썼다.

'뜬금없이 가면이라니? 흰 가면을 말하는 건가? 도대체 아저씨는 무슨 말을 하고 싶은 걸까?'

제나가 어리둥절한 사이, 아저씨가 몸을 일으키더니 갑자기 노를 젓기 시작했다.

"가리온 아저씨! 어디 가는 거예요? 제타와 은파는 여기에 빠졌단 말이에요. 나중에라도……."

제나는 또다시 제풀에 말을 멈추고 차마 더 말을 잇지 못했다. 그사이 가리온 아저씨는 제나의 말을 듣는 둥 마는 둥 그저 부지런히 노를 젓더니 흰색 건물과 붉은색 벽돌 건물 사이에 있는 수로로 뱃머리를 돌렸다.

어디선가 사이렌이 울렸다. 제나는 목청껏 소리쳤다.

"가리온 아저씨, 경찰인가 봐요. 배를 멈춰요! 경찰에게 도움을 청해 봐요! 아저씨!"

하지만 가리온 아저씨는 묵묵히 노만 저었다. 안 되겠다 싶어서 제나는 애원하듯 가리온 아저씨의 허리춤을 붙잡았다. 그러자 가리온 아저씨가 돌아보더니 천천히 고개를 끄덕였다. 하지만 그것으로 그만이었다.

도대체 어쩌자는 건지 알 수가 없었다.

가리온 아저씨는 좁은 수로 안으로 들어와서야 비로소 속도를 줄였다. 그리고 무언가를 찾기라도 하듯 사방을 두리번거렸다. 이쪽저쪽 유심히 살핀 다음, 회색 아치형 창문 5개가 나란히 늘어선 3층짜리 건물의 오른쪽으로 루나 보트를 몰고 갔다.

수로가 다시 넓어지더니 한쪽으로 상점들이 늘어선 길이 나타났다. 거리는 사람들로 북적였다. 가리온 아저씨는 거기서부터 더욱 세세히 주변을 살피기 시작했다. 파스타를 파는 작은 레스토랑, 가면 파는 상점, 유리 공예품 가게 등을 지나 아이스크림 가게 옆으로 난 좁은 수로로 다시 들어갔다.

가리온 아저씨가 마침내 4층짜리 회색 건물 밑에 루나 보트를 멈춰 세웠다. 선착장은 아니었지만, 건물 쪽으로 오르는 계단이 나 있어서 루나 보트를 대기에 적당했다. 제나는 그때까지도 가리온 아저씨가 뭘 하려는 건지 전혀 눈치챌 수 없었다. 그래서 더 답답했다.

"도대체 왜 이러는 거예요? 경찰에라도 알려야 한단 말이에요. 돌아가요!"

제나는 아저씨의 팔을 잡고 흔들었다. 시신이라도 찾아야 하지 않겠느냐는 말은 차마 할 수 없었다. 여전히 현실을 인정할 수 없었기 때문이다. 하지만 제나가 그러거나 말거나 가리온 아저씨는 자꾸 사방을 두리번거리기만 했다. 이렇게 있을 수만은 없다고 생각한 제나는 무언가 결심한 듯 벌떡 일어나 루나 보트 바깥으로 한 발짝 걸음을 내디뎠다.

바로 그때 가리온 아저씨 뒤편에 있는 회색 건물 옆 좁은 골목에서 달려오는 사람들이 보였다.

물속에서 찾은 단서

뜻밖에도 제타와 은파였다.

"제타!"

제나가 소리쳐 부르자 둘은 쏜살같이 달려와 루나 보트에 올라탔다. 배에 오르자마자 은파가 소리쳤다.

"가리온 아저씨, 어서 가요!"

가리온 아저씨는 기다렸다는 듯이 빠른 속도로 노를 젓기 시작했다.

"어, 어떻게 된 거야? 죽은 줄 알았단 말이야!"

제타와 은파가 자리에 앉자마자 제나가 울먹거리며 말했다. 둘 다 머리부터 발끝까지 홀딱 젖어 있었다. 몹시 추운지 입술이 새파랬다.

"바닷속에서 물고기처럼 헤엄쳤어!"

제타가 흥분된 목소리로 말하며 하얀 이를 드러내고 웃었다.

제나의 걱정 같은 건 전혀 아랑곳하지 않는 표정이었다.

"뭐라는 거야?"

제나가 어이없다는 듯 되묻자 은파는 한 손에 쥐고 있던 가면을 들어 보였다. 영혼의 축제에 쓰고 갔던 가면이었다.

"그건……?"

"응! 이걸 쓰면 물속에서도 숨을 쉴 수 있어."

"……."

"정말이야. 물속에서 저걸 썼더니 숨을 쉬어도 물이 입안으로 들어오지 않았어. 이걸 쓰고 물속에서 버틴 거야. 그때 마침 가리온 아저씨가 물속으로 들어와서 이쪽으로 오라고 말해 주었다니까."

웬만해서는 먼저 말하는 법이 없던 제타가 신나서 떠들었다.

"세상에!"

제나는 그제야 앞뒤를 꿰맞출 수 있었다. 가리온 아저씨가 꽤 오랫동안 물속에 있었던 이유도, 손바닥에 '가면'이라고 썼던 이유도, 그리고 제나의 재촉에도 별다른 반응을 하지 않고 이쪽으로 보트를 몰고 온 이유까지도!

제나는 비로소 안도의 숨을 내쉬었다.

"휴우!"

그때 은파가 말했다.

"그런데 제나, 우리가 물속에서 무얼 발견했는지 알아? 라마온의 집을 찾은 것 같아."

"정말이에요? 어떻게?"

"33년 후에 네가 이곳에서 서성댄 이유를 알 것 같아. 우리가 물속으로 들어가서 이리저리 헤매고 다녔는데, 어느 한 집 벽에 거미 문양이 새겨져 있었어. 우리가 올리브 섬에서 봤던 바로 그 거미였어. 수백 년 전만 해도 1층이었던 곳이야. 그러다가 시간이 지나면서 물에 잠기고 말았겠지. 그래서 우리가 라마온의 유리 공장을 찾을 수 없었던 거야."

은파는 다소 흥분된 목소리로 설명했다.

"그럼……?"

"저 안에 무언가 있어. 더는 접근할 수 없었지만, 어쨌든 놈들의 본거지는 찾았잖아."

은파는 4층짜리 회색 건물을 가리키며 말했다. 고개를 끄덕이던 제나는 은파가 가리킨 건물을 유심히 쳐다보았다.

"제나, 네가 옳았어. 33년 후의 네가 아니었으면 이곳까지 올 수 없었을 거야."

"그러면 저 안에 사자의 눈물이 있다는 거예요?"

"어쩌면……!"

제나의 질문에 은파가 고개를 끄덕이며 말했다. 조금 전과는 달리 비장한 표정이었다. 그 모습에 제나도 얼결에 고개를 끄덕였다.

그때 대종탑의 종이 울렸다.

"뎅뎅! 데뎅! 뎅!"

종소리가 멈출 즈음, 제나의 귀에서 사자 울음소리가 들렸다. 환청이라고 여기면서도 그 소리가 너무나 또렷해서 제나는 연거푸 머리를 흔들지 않을 수 없었다.

비밀의 방

사자의 눈물을 찾아서

"저곳에 사자의 눈물이 있다!"

제나는 4층짜리 회색 건물을 쳐다보면서 중얼거렸다. 순례자의 집으로 갔다가 2시간 만에 되돌아온 건물 앞은 더 캄캄해진 하늘 때문인지 아까보다 훨씬 더 음산했다.

건물 뒤편으로 돌아가는 길을 선택한 은파는 문이 아닌 유리창을 깨고 창문을 넘었다. 곧바로 비좁고 어둑한 복도가 나왔다. 칠흑 같은 건물 안쪽에서, 바깥보다 오히려 차갑고 싸늘한 바람이 불어왔다. 그 때문인지는 몰라도 기분이 몹시 나빴다.

그런 중에도 제타는 뭐가 그리도 신기한지 사방을 연신 두리번거리면서 쫓아왔다.

"이곳엔 사람이 살지 않아요?"

"응. 이 도시가 물에 잠기기 시작하면서 빈 건물들이 늘어나고 있어."

제나의 질문에 은파는 돌아보지 않고 대답했다.

은파는 복도 끝으로 가서 녹이 슨 철문을 열었다. 문이 열리자마자 꽤 넓은 공간이 나왔다. 곰팡이 냄새가 코끝을 자극했고, 잔뜩 습기를 머금은 공기가 아주 무겁게 느껴졌다. 한쪽 구석 허물어진 벽에는 큰 구멍이 나 있었고, 그 왼쪽 벽에는 쇠고랑이 줄지어 매달려 있었다. 그리고 바로 앞쪽에는 쇠고랑의 개수만큼 쇠로 만든 의자가 뼈대만 남은 채 덩그러니 놓여 있었다. 단번에 그것이 형틀이었을 거라고 짐작했다. 또 다른 벽에는 심하게 녹슨 쇠사슬이 걸려 있었는데 그 용도는 잘 가늠이 되지 않았다.

"여기가 어딘지 알 것 같아."

"……?"

"할아버지가 말한 사설 감옥. 그들이 사람들을 잡아다가 강제 노역을 시켰던 곳 말이야."

은파는 사방을 두리번거리더니 반대편 벽 쪽으로 걸어갔다. 그러고는 이내 어른 키 높이의 새까만 문 앞에 가서 섰다. 조심스럽게 밀어 보니 스르르 문이 열렸다.

또 다른 방이었다. 그 방 오른쪽 구석에 밑으로 내려가는 계단이 보였다. 그때 은파가 말했다.

"저길 좀 봐!"

은파가 반대편 벽을 가리켰다. 벽에는 꽤 오래되어 보이는 크고 작은 그림 몇 점이 장식되어 있었다. 특이하게도 모두 유리 액자였다. 그중 하나가 올리브 섬에서 보았던 그림 속 소녀의 얼굴과 똑같았다.

뽀얗게 앉은 먼지를 닦아 내자 은파의 얼굴이 선명하게 드러났다. 제나는 눈을 가늘게 뜨고 그림 한 번, 은파 얼굴 한 번 번갈아 보았다.

은파가 기다렸다는 듯 말했다.

"이들은 시간을 넘나들며 나를 쫓았어. 나는 이 사람들의 비밀을 몰랐는데도 말이야. 할아버지가 알고 있었으니 나도 안다고 생각했겠지. 그래 봐야 나 혼자서는 아무것도 할 수 없다는 걸 알았을 텐데, 이렇게까지 집요하게 나를 쫓는 이유가 뭘까?"

은파의 말을 들으니 등골이 오싹했다. 참으로 무서운 사람들이 아닌가.

은파는 곧장 계단을 따라 내려갔다. 다시 복도가 나왔고 그 끝에 또 계단이 보였다. 얼마 지나지 않아 사방이 조금 더 어두워지더니 금세 캄캄해졌다. 그러자 제타가 제나의 허리춤을 꼭 끌어안았다.

은파가 허리춤에 멘 가방에서 손전등을 꺼내 앞을 비추었다. 손전등이 작아서인지, 아니면 계단이 깊어서인지 그 정도 빛으로는 계단 끝이 제대로 보이지 않았다. 그래도 앞으로 나아갈 수밖에 없었다.

얼마쯤 지났을까. 계단을 내려가던 은파가 갑자기 걸음을 멈추었다. 더는 걸음을 내딛지 못한 채 손전등을 들어 벽을 비추었다.

"아!"

제나 역시 그 자리에 얼어붙은 듯 멈춰 서고 말았다. 새들이 양쪽 벽면에 빼곡하게 앉아 있었기 때문이다. 은파가 한쪽을 자세히 비춘 뒤에야 그것들이 유리 새라는 것도, 그래서 움직이지 않는다는 것도 알았지만, 공연히 섬뜩했다.

"은파, 이게 대체 뭐예요?"

은파는 입을 벌린 채 고개만 가로저었다. 새들은 손전등 불빛이 비칠 때마다 눈을 번득였다.

"어, 어서 가요."

제나는 은파의 등을 슬쩍 밀었다.

'도대체 얼마나 깊이 파 내려간 걸까?'

문득 팔색거미단의 집요함에 몸서리가 쳐졌다. 아까보다 더 큰 두려움이 밀려왔다.

이윽고 주변이 조금씩 밝아지더니 마침내 복도 끝에 이르렀다. 눈앞에 넓은 운동장 몇 개를 합쳐 놓은 듯한 거대한 공간이 펼쳐졌다. 얼핏 보기에는 아주 큰 경기장의 맨 꼭대기에서 아래를 내려다보는 기분이랄까. 아래에는 거대한 원형 계단이 끝없이 이어져 있었다. 바닥이 보이지 않는, 너무나 크고 넓은 웅덩이였다. 그야말로 아연실색할 지경이었다.

숨을 깊이 들이쉰 제나는 조금씩 숨을 내쉬면서 찬찬히 사방을 둘러보았다. 주위를 돌아가며 우뚝 세워 놓은 수많은 기둥이 굉장히 웅장했는데, 위쪽을 쳐다보고는 또 한 번 놀랐다. 천장과 맞닿은 벽 위쪽에는 사방을 돌아가며 잇따라 큰 창이 나 있었고 창밖에는 물이 찰랑거렸다. 빛은 거기서 들어오고 있었다.

바닷물 속에 이토록 거대한 구덩이를 판 것으로도 모자라 자연 채광을 위해 유리창까지 낸 것이었다.

제나는 엉뚱하게도 자신이 커다란 수조 안에 들어와 있는 느낌이 들었다. 머리 위로, 또 벽 옆쪽으로 바닷물이 찰랑거린다는 게 도무지 믿기지 않았다.

"이거였어. 사자의 눈물!"

은파가 혼잣말하듯 말했다. 제나도 고개를 끄덕였다.

제타는 모든 게 신기한지 끝이 보이지 않는 구덩이만 내려다보고 있었다.

"여기서 뭘 해야 하는 거야?"

멍하니 사방을 둘러보던 제나에게 제타가 물었다. 별 생각 없이 던진 말인지, 그렇게 묻고는 싱긋 웃어 보였다. 지금 눈앞에 보이는 모든 것이 재미있다는 표정이었다.

제나는 머릿속이 텅 빈 느낌이어서 한동안 말없이 깊디깊은 웅덩이만 내려다보았다.

한참 만에 은파가 천천히 입을 열었다.

"할아버지가 말한 사자의 눈물은 바로 이 웅덩이를 말하는 거였어. 그런데……."

"알아요. 그런데 지금 중요한 건 이 웅덩이가 어떻게 베나로스를 무너뜨리냐는 거잖아요?"

다들 말이 없었다. 그런데 시간이 얼마나 지났을까. 웅덩이를 내려다보고 있던 제타가 불쑥 한마디를 던졌다.

"소용돌이……."

"뭐?"

제나가 반사적으로 되묻자 제타가 손을 뻗어 웅덩이 아래쪽을 가리켰다.

"무슨 말을 하는 거야?"

"계단이 소용돌이 모양이야. 나선형."

"나선이라고?"

은파가 고개를 갸웃거리며 되묻더니 계단 아래쪽으로 내려가 이리저리 살펴본 뒤에 말했다.

"그러네. 이곳 계단은 운동장의 관람석처럼 한 칸씩 차곡차곡 쌓은 계단이 아니야. 시작점부터 계속 돌아 돌아 내려가면 점점 더 아래쪽으로 내려가게 되어 있어. 그래서 제타가 소용돌이라고 한 거야. 나선형 계단이 맞아!"

"소용돌이……."

제나는 은파가 한 말을 되뇌며 고개를 갸웃거렸다. 무언가를 생각해 내려는 모습이었다.

'왜 이 큰 구덩이를 나선형으로 만들었을까?'

그때 은파가 주머니에서 무언가를 꺼내 제나에게 내밀었다. 은파도 제나와 같은 생각을 한 걸까. 은파가 내민 건 사진이었다. 엊그제 두 사람이 처음 만났을 때 은파가 보여 주었던 거대한 파도가 베나로스 전체를 뒤덮는 사진. 그것 역시 나선형 모양으로 휘몰아치고 있었다.

"이 두 개의 나선이 무슨 관계가 있는 걸까?"

은파가 눈앞의 구덩이와 파도 사진을 번갈아 보며 말했다. 하지만 제나는 아무 대꾸도 할 수 없었다.

그때였다. 제타가 은파의 팔목을 잡아당기더니 옷소매를 걸어 올렸다.

"왜……?"

은파가 되묻자 제타는 말없이 팔목에 있는 숫자를 가리켰다.

I I II III V VIII XIII XXI

"제타, 왜 그래?"

제나가 짧게 물었다. 그러자 제타는 제나가 들고 있던 사진을 빼앗아 뒤집더니 파란 모눈종이 모양이 위로 보이도록 땅바닥에 내려놓으며 말했다.

"1, 1, 2, 3, 5, 8, 13, 21. 이 숫자들은 황금나선을 만드는 피보나치수열이야! 사진 뒷면에 작은 사각형이 가로 34개, 세로 21개 있어. 먼저 한 변의 길이가 21인 정사각형에 사분원을 그려. 그 호를 연장해서 다음에는 한 변의 길이가 13인 정사각형에 호를 그리고, 다음에도 같은 방법으로 한 변의 길이가 8인 정사각형에, 그다음에는 한 변의 길이가 5인……. 이렇게 해서 완성된 호의 모습이 바로 황금나선이야."

제타는 펜을 들고 모눈종이의 가장 왼쪽 아랫부분에서부터 원 모양의 선을 긋기 시작했다. 과연 사진 뒷면에 소용돌이 모양의 선이 나타났다.

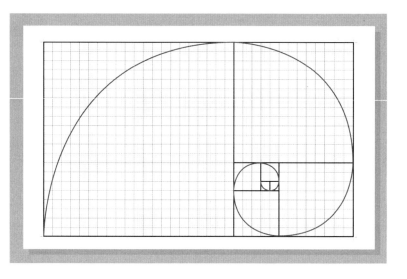

"그러니까 이게 무슨 의미냐고?"

마음이 급해진 제나가 다그쳤지만, 제타는 아랑곳하지 않았다. 얼마 후 제타가 벌떡 일어나 밝은 쪽을 향해 사진을 들어 보였다. 뒷면에 그린 황금나선이 앞쪽 베나로스 사진 위에 비쳐 보였다.

그 모습을 한참 들여다보던 제나의 시선이 문득 소용돌이의 가장 안쪽 지점에서 멈췄다. 하필 제타가 펜으로 콕 찍어 구멍이 난 자리였다. 이상한 생각이 들어서 은파에게 물었다.

"은파, 여기 좀 봐요. 제타가 그린 나선이 끝나는 곳이 어딜까요? 설마……."

은파가 고개를 갸웃거리며 사진을 바싹 당겨 보더니 놀란 표정으로 말했다.

"맞아, 우리가 지금 서 있는 여기야. 사자의 눈물 끝 지점."

"그럼 제타가 나선을 그리기 시작한 이 지점은요?"

제나가 사진 앞면 오른쪽 맨 아래 지점을 가리키며 물었다.

"여긴⋯⋯. 바다 쪽이야. 바다의 늑대가 불어오는 베나로스항이지. 마파라미호가 머무는 곳쯤이라고 보면 될까?"

순간, 가슴에 차가운 바람이 한꺼번에 불어닥치는 듯하더니 훅 불길한 생각이 스쳤다. 제나가 고개를 끄덕이며 말했다.

"이제야 알 것 같아요."

"뭘?"

은파가 되물었다.

"팔색거미단은 바다에서 불어오는 바람을 이용해 거센 물결을 이곳까지 몰고 오려는 거예요."

"뭐라고?"

"엄청나게 거센 물결이 이 나선을 따라 이곳까지 밀어닥친다고 생각해 봐요. 더군다나 이 구덩이는 끝도 없이 이어진 나선 모양이에요."

"어마어마한 소용돌이가 일겠지."

"맞아요. 그러면 소용돌이가 무시무시한 힘으로 주변의 모든 것을 빨아들이겠죠. 주변 건물들이 모두 무너져 내릴 거예요."

"맞아, 여기서 대종탑도 그리 멀지 않아. 그, 그러고 보니……."

"왜요? 뭔데요?"

"이 나선이 그려진 대로 수로가 뚫려 있어."

"그게 무슨 말이죠?"

"틀림없어. 원래 수로는 이런 모양이 아니었지만, 베나로스에서는 수백 년 동안 이런저런 일로 수로가 새로 뚫리거나 정비되는 일이 많았어. 팔색거미단의 후손 중에서 베나로스의 관리가 된 자들은 법을 바꾸고, 기술자가 된 자들은 직접 땅을 팠겠지. 아무도 몰래!"

"그, 그럼 결국 이 수로를 따라 태풍의 모양대로 엄청난 물이 밀려오겠군요. 바로 이곳으로 말이에요."

말을 하면서도 제나는 끔찍한 상상이 떠올랐다. 황금나선을 따라 어마어마한 물이 밀려들고, 그것도 모자라 사자의 눈물에 이르러 무서운 소용돌이까지 일으킨다면 그 파괴력은 과연 어느 정도일까.

대종탑이 무너지고 주변에 있는 수많은 건물이 물에 잠기면서 베나로스 시내 곳곳이 연쇄적으로 침몰해 갈 게 틀림없다. 어쩌면 도시가 흔적도 없이 사라질지도……. 생각이 거기에까지 이르자 온몸에 소름이 돋았다.

제나가 절박하게 물었다.

"어떻게 막아야 하죠? 곧 바다의 늑대가 몰려올 텐데……."

은파는 힘없이 고개를 저었다.

"아니에요. 잘 생각해 봐요. 분명히 방법이 있을 거예요."

제나가 안타까운 목소리로 말했다. 그런데 뜻밖에도 대답은 엉뚱한 데서 흘러나왔다.

"아니, 이제는 없을걸? 곧 모든 게 끝날 테니까."

굵고 낮은 목소리였다. 제나는 반사적으로 어깨를 움츠리며 사방을 살폈다.

잠시 후 거대한 왼편 기둥 뒤에서 흰 가면이 나타났다.

수백 년 전 음모

흠칫 놀란 제나가 몸을 떨자 제타도 어느새 눈치를 채고 바짝 다가와 제나의 손을 잡았다. 은파도 그 옆에 붙어 섰다.

"다, 당신이 라마온……?"

은파가 더듬거리며 물었다.

"나는 네가 누구인지, 어디서 왔는지도 안다. 넌 이제 다시는 네가 왔던 곳으로 돌아가지 못할 거야."

"당신들이 우리 할아버지를 죽였군요."

은파가 불끈 쥔 주먹을 파르르 떨었다. 흰 가면도 지지 않고 목소리를 높였다.

"설마 우리를 나무라는 게냐? 너희 조상들은 우리를 이방인 이라며 내몰았고 수많은 사람을 죽였어."

"전쟁을 일으킨 건 당신들이었어요! 그런데 지금 와서 아무 잘못도 없는 베나로스 사람들을 죽이겠다고요? 그리고 그건 아주 오래전 일이에요."

"아니! 우리에겐 어제 일처럼 생생해. 나는 내 할아버지에게 들었고, 내 할아버지는 자신의 할아버지에게, 그 할아버지는 또 당신의 할아버지에게 들었지. 그래서 우리는 수백 년이 지난 뒤에도 그 참혹함을 잊지 않는 거야!"

"그래서 수백 년 동안 수로를 바꾸고 이 거대한 웅덩이를 팠 다고요?"

"곧 모든 게 끝날 거야. 그동안 많은 사람이 우리를 막으려 했지만, 우리는 멈추지 않았어. 특히 오늘과 내일은 수백 년 만 에 가장 거친 바다의 늑대가 휘몰아칠 거야. 엄청난 파도가 몰 려올 거라고!"

"그래서 끝끝내 이 도시를 한꺼번에 가라앉히겠다고요? 이 도시에는 당신 후손들도 아주 많이 살아요. 그들은 어쩌실 건가요?"

"하는 수 없지. 큰일에는 작은 희생이 따르는 법이니까."

"아무 잘못도 없는 시민들을 해치는 게 작은 희생이라고요? 도대체 당신들이 정말로 얻으려는 게 뭔가요? 베나로스 북부의 기름진 영토인가요?"

제나가 흰 가면의 말을 자르며 끼어들자 흰 가면의 검은 눈이 이쪽을 쏘아보았다.

"지금 그걸 알아서 무얼 하려는 게지? 네가 지금 이 자리에 와 있다는 것 자체가 베나로자 왕국의 종말을 의미하는 것 아니겠느냐?"

"무슨 말이죠?"

"너희들은 우리를 두 번이나 죽였어. 한 번은 수백 년 전 전쟁터에서 저지른 잔인한 살육이고, 또 한 번은 2129년의 대참살이지."

"대참살?"

제나가 되묻자 제타가 불쑥 그 말을 이어 받았다.

"기후가 급변하면서 베나로자 왕국의 서남쪽 지방은 바다의 늑대가 아니더라도 오래도록 이어진 해수면 상승으로 거의 물에 잠겼어. 이를 피해 남쪽에 살던 소수 민족들이 북쪽으로 이

동해 왔지. 국경 부근을 떠돌던 이방인들 말이야. 하지만 왕국에서는 국경을 더 튼튼히 쌓고 감시를 더 강화하면서 그들을 받아들이지 않았어. 베나로자 왕국도 식량이 부족했고 더구나 상당수의 이방인이 치명적인 바이러스에 감염되었기 때문이지. 결국, 이방인들은 황무지가 된 들판을 떠돌다 죽거나 바다로 나가 표류하다가 목숨을 잃었어."

"그래, 아주 잘 알고 있군. 알면서 무엇을 묻는 것이냐?"

흰 가면이 나무라듯 말했다.

"이봐요! 그건 세상 사람 모두가 겪은 재난이었어요. 기후 위기로 온 세상이 추워지거나 더워졌고, 폭풍우와 우박과 가뭄에 시달렸다고요. 당신들만 겪은 일이 아니에요!"

제나는 답답한 마음에 소리쳤다. 그러나 흰 가면은 차갑게 고개를 저었다.

"이제 와서 그런 말을 해 봤자 아무 소용없어. 너희들은 돌아가지 못할 테니까. 설령 돌아가더라도 폐허가 된 왕국이 너희를 기다릴 뿐이야."

제나는 가슴이 서늘해졌다. 그가 그런 말을 할 수 있다는 것은 베나로자 왕국의 미래를 모두 알고 있다는 뜻이었으니까. 혹시나 했지만, 사실을 확인하고 나니 더욱 분노가 치밀었다. 제나가 움찔하며 엉겁결에 몸을 앞으로 움직였다. 하지만 은파가 재빨리 제나의 손을 붙잡았다.

화를 누르지 못한 제나가 큰 소리로 외쳤다.

"당장 멈춰요!"

"멈추라니? 무얼 말이냐? 바다의 늑대를? 그게 정말 가능하다고 생각하는 게냐? 아니, 너희들은 지금 그런 말을 하기보다는 내게 살려 달라고 말해야 하지 않을까?"

"뭐, 뭐라고요?"

"하지만 이미 늦었다. 난 그럴 생각이 없으니까. 그렇다고 너무 억울해하지는 마라. 직접 여길 찾아온 건 너희들이니까. 물론 여길 찾지 못했더라도 베나로스와 함께 물귀신이 됐을 테지만. 수백 년 동안이나 우리를 방해한 대가라고 생각하거라. 이제 베나로스가 침몰하면 이곳과 주변의 모든 민족이 베나로자 왕국을 원망하게 될 테고, 결국 반기를 들겠지. 그리고 100년 후면 너희 왕국은 서서히 종말을 맞게 될 거야. 너희들이 생각하는 것보다 더 빠르게!"

흰 가면이 자신 있게 말했다. 그건 사실이었다. 그래서 제나가 120년 전으로 돌아올 수밖에 없었으니까. 새삼 하야로비의 말이 사실이었음을 확인하고 나니 허탈했다. 제나는 막막해서 흰 가면을 가만히 지켜보기만 했다.

그때였다.

"쿠르르릉!"

천지를 울릴 듯한 소리에 사방이 흔들렸다. 언뜻 보니 천장과 가까운 유리창에 거센 물결이 출렁거렸다. 흠칫 놀란 제타가 제나 곁으로 바싹 다가왔다. 제나는 제타의 어깨를 당겨 안았다.

"후후! 바다의 늑대가 아주 가까이 왔구나. 살아 있는 동안 똑똑히 보아 두거라. 바다의 늑대가 베나로스를 어떻게 집어삼키는지."

흰 가면은 크게 비웃고는 재빨리 기둥 뒤로 사라졌다.

"이봐요!"

제나가 잽싸게 뒤쫓았지만, 흰 가면은 이미 보이지 않았다. 들어올 때와 똑같은 문이 기둥 뒤편에 있었는데 흰 가면이 그쪽으로 다급하게 사라지는 발걸음 소리가 들렸다.

"은파, 이쪽이에요."

제나가 소리치며 흰 가면을 놓칠세라 발소리를 따라갔다. 그를 붙잡아야 한다는 생각뿐이었다.

제나는 제타와 은파가 따라오는지를 확인하고는 얼른 문 안으로 들어갔다. 아까처럼 곧바로 계단이 나왔는데 캄캄하고 아주 길었다. 그래도 아직 계단 위쪽에서 발소리가 들려왔다.

제나는 급한 마음에 계단을 뛰어 올라갔다. 은파가 뒤에서 손전등을 비추어 주었지만, 앞쪽에는 아무것도 보이지 않았다.

그래도 제나는 쉬지 않고 계단을 올라갔다.

한참을 오르다가 어느 곳에서는 옆으로 돌고 또 어느 곳에서는 아래로 내려갔다.

무언가 이상했다. 사자의 눈물에 이를 때까지는 내리막뿐이었으니 돌아갈 때는 오르막뿐이어야 하지 않을까. 하지만 오래 생각할 여유가 없었다. 최대한 빨리 이곳을 벗어나고 싶을 뿐이었다. 흰 가면의 말대로 이곳에서 죽을 수는 없었다.

그러다가 문득 흰 가면의 발소리가 들리지 않는다는 것을 깨달았다. 그와 동시에 마치 지진이라도 난 것처럼 다시 땅이 크게 흔들렸다.

"쿠르르릉!"

벽에서 흙이 후드득 떨어져 내렸고 연이어 땅이 또 한 차례 뒤흔들렸다. 바닥에서 쨍그랑하는 소리가 들려왔다.

움찔 놀라 내려다보니 유리 새 몇 마리가 떨어져 산산조각 나 있었다. 날카로운 유리 파편이 손전등의 빛을 받아 더욱 섬뜩하게 빛났다.

"헉!"

비로소 양쪽 벽면이 새들로 빼곡하다는 사실을 깨달았다. 기분이 몹시 좋지 않았다. 제타는 얼마나 두렵고 무서웠으면 몸까지 심하게 떨며 흐느꼈다.

"빨리 여기서 나가야겠어."

은파가 앞장섰다. 손전등으로 앞을 비추며 빠르게 나아갔다. 그사이에도 땅은 얼마간의 간격을 두고 여러 차례 반복해서 흔들렸다. 한참 만에야 저만치 앞쪽에서 푸른빛이 보였다. 다행이었다. 제나는 은파를 따라 급히 재빨리 내려갔다.

"아!"

하지만 곧바로 그 자리에 멈춰 서고 말았다. 아까 내려왔던 곳과 위치만 다를 뿐 다시 제자리였다. 거대한 사자의 눈물이 눈앞에 펼쳐져 있었다.

"뭐지? 이게 어떻게 된 거야?"

은파가 중얼거리듯 말했지만, 제나는 아무 말도 할 수 없었다. 불길한 예감이 스쳐 지나갔다.

"되돌아가야 해! 어서!"

은파가 등을 돌려 방금 내려왔던 계단을 다시 오르기 시작했다. 제나도 무조건 그 뒤를 따랐지만, 점점 더 나쁜 생각에 사로잡혔다. 제타를 잡은 손이 땀 때문에 자꾸 미끄러졌다.

"헉헉!"

어두운 계단에 들리는 소리라고는 세 사람의 거친 숨소리뿐이었다. 그래도 셋은 쉬지 않았다. 겁이 나서 더더욱 그럴 수밖에 없었다.

제타가 힘들어했지만 걸음을 늦출 수 없었다.

'제타, 힘을 내야 해!'

마음속으로 중얼거리면서 자꾸 미끄러지는 제타의 손을 더 꽉 붙잡았다.

얼마나 시간이 지났을까. 은파의 손전등이 금방이라도 꺼질 듯이 깜박였다. 그 상태로 오르락내리락하고 있을 때 다시 빛이 새어 들었다.

'설마!'

제나는 요동치는 가슴을 붙잡고 빛이 비치는 쪽으로 찬찬히 나아갔다.

그러나 이번에도 여전히 제자리였다. 눈앞에는 거대한 웅덩이가 버티고 있었다. 제나는 그제야 계단을 오를 때 땅이 흔들렸던 이유를 알 것 같았다.

'그래, 그거였어. 누군가 계단을 오르면 원래 자리로 되돌아오도록 건물이 스스로 움직였던 거야.'

틀림없었다. 하긴 그토록 오랜 세월 사자의 눈물을 만들었다면 그 정도는 아무것도 아닐 테지. 제나는 맥이 풀려 그 자리에 주저앉고 말았다. 흰 가면이 죽이겠다고 위협하면서도 죽이지 않고 그냥 돌아 나간 이유를 알 것 같았다.

은파가 제나 곁에 앉으며 말했다.

"할아버지는 이곳에 들어오면 아무도 빠져나갈 수 없다고 했어."

그들은 비로소 사자의 눈물에 꼼짝없이 갇혔다는 사실을 깨달았다. 은파에게 그 말을 왜 이제야 하느냐고 따져 묻고 싶었지만 그만두었다. 어차피 한번은 왔어야 하는 곳이니까.

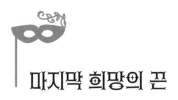

마지막 희망의 끈

물속의 나비

자꾸 한숨만 나왔다. 제나는 이러지도 저러지도 못하고 거대한 짐승의 아가리 같은 구덩이만 내려다보았다. 한참 후 고개를 들어 보니 은파는 이곳저곳을 살피고 있었고, 제타는 지금 상황을 전혀 이해하지 못하는 듯 벽을 만지작거리다가 바닥에 앉아 무언가를 끄적거렸다.

몇 가지 질문이 제나의 머릿속을 맴돌았다.

'그럼 이제 엄마와 아빠는? 아니, 베나로자 왕국은?'

불현듯 제3 연맹체 암살자들을 피해 성벽을 넘어 달아나던 그날의 일이 선명하게 떠올랐다. 끝나지 않을 듯한 비명, 팔다리가 잘린 채 죽어 가던 궁궐 수비대원들, 핏물이 흘러넘치던 세자 별궁, 불타오르던 국왕 집무실……. 바로 눈앞에서 펼쳐지듯 한 장면 한 장면이 너무나 또렷이 기억났다.

엄마는 제타를 부탁한다고 거듭 말했다. 그 말이 너무도 생생했다. 눈물을 글썽이며 두 손을 꼭 붙잡던 모습도 눈에 선했다. 그때 제나는 엄마를 마주 보며 눈물을 흘렸고, 고개를 끄덕이며 속으로 수없이 대답했다.

'꼭 지킬게요.'

다른 사람이라면 몰라도 엄마와의 약속은 반드시 지키고 싶었다. 제나에게는 그녀가 친엄마보다 더 친엄마 같은 분이었으니까.

친엄마는 죄를 짓고 국외로 추방됐지만, 다행히 두 왕자는 죽음을 면하고 신분이 강등된 채 변방으로 내몰렸다. 그때 함께 쫓겨날 뻔한 제나를 지켜 준 사람이 뜻밖에도 후궁이었던 새 왕비였다. 대신들이 죄인의 자식도 궁궐에서 내보내야 한다고 주장했을 때, 새 왕비가 잘못은 어미에게 있을 뿐 누가 뭐래도 제나는 왕족이라고 직접 나서서 항변해 주었다. 제나에게까지 죄를 묻는다면 그 아비인 폐하의 죄도 물어야 하지 않겠느냐며 강하게 맞서자, 대신들도 더는 나서지 않았다.

그 뒤로도 왕비는 제나를 자상하게 보살폈다. 궁궐의 귀족들은 제나를 눈엣가시로 여겼지만, 왕비만은 바람막이가 되어 주었다. 게다가 왕비는 변방의 국경 수비대로 쫓겨났던 두 오빠까지 다시 궁궐로 불러들였다.

두 오빠에게 궁궐 수비대를 맡겼으며 이어 왕자의 신분을 되찾아 주었다. 비록 왕위 계승권은 박탈당했지만, 왕족으로서의 모든 권리를 다시 누릴 수 있었다. 그에 보답이라도 하듯 두 오빠는 제3 연맹체의 암살자들이 궁에 들이닥쳤을 때 맨 앞에서 싸우다가 기꺼이 죽음을 맞았다.

제나도 그런 오빠들처럼 베나로자 왕국을 위해, 그리고 엄마와의 약속을 위해 제타를 지켜야 한다고 생각했다.

생각이 거기에 미쳤을 때 제나가 벌떡 일어나 주위를 두리번거렸다. 무엇이라도 해야 했다. 그래야 이곳에서 나갈 수 있을 테고 그래야 제타를 지킬 수 있을 테니까.

제나는 출입구로 달려갔다가 끝이 보이지 않는 계단을 확인하고 다시 뒤로 물러났다. 잠시 후 또 다른 출구로 나섰다가 금세 되돌아왔다. 그때마다 제타가 졸졸 따라다녔다. 저도 불안한지 제나의 손을 꼭 잡고 한시도 놓지 않았다.

"걱정하지 마, 제타. 누나 아무 데도 안 가."

제나는 그렇게 말하며 원래 앉아 있던 자리로 되돌아왔다. 제타도 나란히 옆에 앉았다.

그때 여기저기 둘러보던 은파가 다가오더니 대뜸 물었다.

"그런데 그 말 기억나? 할아버지가 했던 말……."

제나는 대꾸하지 않고 은파를 가만히 마주 보았다. 은파가
말을 이었다.

"나비라고 했어."

어렴풋이 기억나는 듯했다. 확신할 수는 없지만, 병사가 쫓아
오는 다급한 상황이어서 할아버지는 그 말을 채 맺지 못했던
것 같았다.

"할아버지는 무얼 말하려고 했을까?"

"……."

"내가 그때 할아버지에게 어떻게 도망쳤는지 물었는데 할아
버지는 나비 이야기를 꺼냈어."

마침 제타가 주머니에서 무언가를 불쑥 꺼내 손바닥을 펼쳐
보이며 말했다.

"나비야, 나비!"

정말로 나비였다. 새빨간 나비가 제타의 손바닥 위에 앉아 있
었다. 유리로 만들어진 작은 나비였다.

"제타, 그게 뭐지?"

"나비. 할아버지가 나비라고 했거든."

제타는 천연덕스럽게 말했다. 그 모습을 보며 제나는 짐작되

는 게 있었다. 나비는 올리브 섬에 갔을 때 달려들었던 유리 곤충의 하나가 분명했다. 그것이 달려드는지 어떤지도 모른 채 마냥 갖고 싶다고 떼쓰던 제타의 모습이 떠올랐다. 제타가 그랬던 이유가 어쩌면 할아버지가 나비라는 말을 남겨서일지도 모른다는 생각이 들었다.

그런데 그걸 아직도 지니고 있다니!

정작 놀랄 일은 그다음에 일어났다. 제타의 가슴에서 파르스레한 빛이 감돌았다. 베나로 스톤이 내뿜는 빛이었다. 안개처럼 제타 주위를 떠돌던 빛은 곧 손바닥 위 유리 나비로 옮겨 갔다. 곧이어 유리 나비가 빛에 휩싸이는 듯하더니 살짝 옴지락거렸다. 날개가 조금씩 움직이더니 서너 차례 팔락였다. 너무 뜻밖이어서 제나가 무심코 손을 뻗었지만, 손이 닿기도 전에 유리 나비가 훌쩍 날아올랐다.

"뭐, 뭐지?"

제나는 반사적으로 소리치며 은파를 쳐다보았다. 은파 역시 놀란 표정이었다. 그사이에 나비는 머리 위로 날아올라 서너 바퀴를 돌더니 단숨에 저편으로 날아갔다.

제타가 나비를 뒤쫓았다.

"제타, 어딜 가는 거야?"

제나가 크게 소리치며 따라갔다. 나비는 제타 앞에서 지그재

그로 날아갔다. 마치 따라오라는 듯한 날갯짓이었다. 나비는 제
타의 손에 잡힐 듯 말 듯 기둥 네 개를 지나쳐 그 뒤쪽에 있는
문 안으로 들어갔다. 계단 안쪽은 어두웠지만, 나비는 더욱 빛
이 났다. 그 덕분에 아주 환하지는 않아도 어렴풋하게나마 계단
의 윤곽이 보였다.

나비를 따라 한참 계단을 올라갔다. 마음 같아서는 한달음에
내달리고 싶었지만, 이상하게도 나비는 딱 정해진 속도 이상으
로는 날지 않았다. 마치 약속이나 한 듯 딱 그만큼의 속도를 유
지했다.

어느 순간, 나비가 멈추더니 제자리를 맴돌았다. 하필 그때
땅이 부르르 떨렸다. 아까보다 진동이 크지는 않았지만, 불안감
은 더 커졌다. 제나는 제타의 손을 다시 꽉 쥐었다. 제타의 가
슴에는 여전히 베나로 스톤이 파랗게 빛나고 있었다.

"빨리!"

제나는 무심결에 중얼거렸다. 얼른 이곳을 빠져나가야겠다는
생각뿐이었다. 제나는 침을 꼴깍 삼키며 제타의 손을 더 꽉 잡
았다. 하지만 제나의 그런 마음을 비웃기라도 하듯, 나비는 아
직도 제자리만 맴돌았다. 뱅글뱅글 도는 나비를 쳐다보고 있자
니 살짝 어지러웠다.

바로 그때 나비가 왔던 길로 다시 날아가기 시작했다.

"은파, 나비가…… 다시 돌아가고 있어요."

제나는 무심코 중얼거리며 몸을 돌려 나비가 날아가는 방향을 가리켰다.

그런데 나비는 돌아가는 게 아니었다. 돌아가는 길이라면 분명히 계단이 내리막이어야 하는데, 뜻밖에도 계단은 오르막이었다.

"허억!"

마침내 비밀을 알아챈 은파는 숨이 멎을 것만 같았다.

"사자의 눈물에 이런 비밀이 있었던 거야. 그래서 아무도 도망가지 못했던 거고."

덩달아 고개를 끄덕이던 제나도 놀란 건 마찬가지였다. 사자의 눈물을 둘러싼 이곳이 보통의 공간이 아니라는 사실이 실감 났다.

"가자, 나갈 수 있어."

은파가 앞장섰다. 제나도 제타의 손을 꼭 잡고 곧장 은파의 뒤를 따랐다.

얼마나 더 올랐을까. 계단이 끝나는 곳에 다다르자 나비가 녹슨 철창 안으로 들어갔다. 좀 빡빡하긴 했지만, 철창은 금세 열렸다. 그런데 안으로 들어서자마자 물이 들어차기 시작했다. 그 속도가 너무 빨라서 잠시 머뭇거리는 사이 순식간에 물이 발목을 덮고 무릎까지 차올랐다. 느낌이 맞는다면, 바닥이 물속으로 빠르게 가라앉고 있는 게 틀림없었다.

"물이⋯⋯."

은파가 말을 더듬거리자 제나는 재빨리 사방을 둘러보았다. 하지만 딛고 올라설 만한 곳은 하나도 없었다. 다시 철창 밖으로 나가려 했지만, 이번에는 철창문이 열리지 않았다.

"아!"

공포감이 밀려왔다. 온몸이 떨렸다. 제나는 어쩔 줄 모르고 발만 동동 굴렀다. 은파도 당황한 듯 두리번거리기만 할 뿐이었다. 그러거나 말거나 제타는 팔랑거리는 나비만 쳐다보며 웃고 있었다.

그사이에 물은 허벅지까지 차올랐다.

"제타, 어떻게 해야 해? 넌 알고 있지?"

은파가 답답한 마음에 소리 높여 물었다. 하지만 제타는 여전히 나비만 쫓고 있었다.

물은 금세 엉덩이를 적셨고 배 밑까지 올라와 찰랑거렸다. 갑자기 숨이 가빠지면서 조바심이 나고 초조해졌다.

바로 그때였다. 천장을 맴돌던 나비가 철창 반대편에서 멈추더니 갑자기 물속으로 쑥 들어갔다.

"나비가⋯⋯."

제타가 나비를 향해 손을 뻗으며 물속으로 허리를 굽혔다.

"제타, 안 돼!"

"아니, 잠깐만!"

제나가 제타를 끌어당긴 것과 거의 동시에 은파가 먼저 물속으로 들어갔다. 잠시 후 은파가 다시 물 밖으로 고개를 내밀며 말했다.

"흡! 물속에 길이 있어. 어서 이걸 써."

은파가 가방에서 가면을 꺼냈다. 루나 보트에서 떨어졌을 때 물속에서 썼다던 그 가면이었다. 잽싸게 가면을 받아 든 제나는 제타에게 먼저 씌워 주었다.

이어서 제나가 숨을 참고 쓰자마자 가면이 얼굴을 감싸 쥐듯 착 밀착되는 느낌이 들었다. 제나는 숨을 크게 들이쉬고 물속으로 들어갔다. 과연 물속에서 숨을 쉬어도 입이나 코로 물이 들어오지 않았다.

저 앞쪽에서 나비가 헤엄치는 모습이 보였다. 제나는 제타의 손을 잡고 발끝을 밀어내며 앞으로 나아갔다. 쉽지는 않았다. 한 손으로만 버텨야 했고 물살도 너무 거칠었다. 제나는 한쪽으로 휩쓸리지 않으려고 애를 썼다.

그렇게 얼마쯤 나아갔을까. 힘들어 지쳐 갈 즈음, 은파가 어딘가를 가리켰다. 고개를 돌려 보니 흰색 벽이 보였다. 조금 더 옆으로 돌아가자 물에 잠기기 전 건물의 현관으로 쓰였음 직한 문이 나타났다. 그리고 그 문 한쪽에 그려진 거미 문양이 보였다. 희미하게나마 다리 여덟 개가 각각 다른 색깔로 칠해진 흔적이 남아 있었다.

'은파가 물속에서 보았다던 문양이 이게 아닐까?'

제나의 머릿속에 이런 생각이 스쳤다.

잠시 후 은파가 물 위쪽으로 떠올랐다. 제나도 발끝을 휘저었다. 그러자 몸이 물 위로 쑥 떠올랐다.

"푸우!"

물 밖으로 나온 제나는 숨을 크게 내쉬며 사방을 돌아보았다. 그런데 뜻밖에도 물 밖 위치가 처음 들어갔던 회색 건물의 맞은편이었다. 제나는 서둘러 땅 위로 올라가서 제타를 밖으로 끌어냈다.

도시 탈출

물 위로 올라온 세 사람은 문 닫힌 유리 공예 상점의 처마 밑에 털썩 주저앉았다. 셋은 잠시 가만히 앉아 하늘을 올려다보았다. 새까만 구름이 무리를 지어 북쪽으로 빠르게 이동하고 있었다. 설핏 보면 한 무리의 구름은 정말 늑대의 날카로운 아가리를 닮아 있었다.

"후우!"

제나가 숨을 깊이 내쉬며 옆에 앉은 제타를 가만히 내려다보았다. 제타도 힘이 들었는지 조용히 눈을 감고 있었다. 가슴께에 있는 베나로 스톤의 빛은 어느새 사라지고 없었다. 그래서인지 제타의 손에 들려 있던 유리 나비도 더는 움직이지 않았다. 빛이 나지 않으니 그저 유리 조각에 불과해 보였다.

제나는 손을 뻗어 유리 나비를 집어 들고 찬찬히 살펴보면서 생각했다.

'어떻게 된 걸까? 베나로 스톤의 힘일까?'

제나는 고개를 갸웃거렸다.

강한 바람이 다시 한번 수로를 휩쓸고 지나갔다. 제나는 고개를 들고 사방을 둘러보았다. 지나다니는 사람이 거의 없었고 상점도 대부분 문을 닫은 상태였다. 어디에선가 돌풍을 조심하라는 방송이 반복해서 들려왔다. 바다의 늑대가 가까이 왔다는 게 실감났다.

그래서였을까. 불쑥 떠오른 생각 하나가 좀처럼 머릿속을 떠나지 않았다.

'최대한 빨리 이 도시에서 벗어나야 하지 않을까? 그래야만

제타라도 구할 수 있을 텐데. 제타까지 잃을 수는 없어.'

제나는 조바심이 나서 가만히 있을 수가 없었다.

"여길 빠져나가야겠어요."

"그게 무슨 말이야?"

"이 도시에서 최대한 먼 곳으로 가야 해요. 방법을 알려 줘요. 빨리 이곳을 벗어날 방법을……."

"도망가겠다고?"

은파가 제나의 말을 끊고 되물었다. 은파는 눈을 크게 뜨고 제나를 응시했다. 제나는 잠시 마주 보다가 곧 은파의 시선을 피하며 중얼거리듯 말했다.

"어쩔 수 없어요. 여기에 있다가는 다 죽어요. 나야 상관없지만 제타는 어떻게 해요?"

"무슨 말인지 알아. 하지만 이곳에 사는 사람들은? 너는 이 나라의……."

"이 나라의 뭐요? 왕족이라서 시민들을 지킬 의무라도 있다는 거예요? 내가 무슨 수로 지켜요? 은파, 당신도 봤잖아요. 저 어마어마한 구덩이를요."

제나는 속마음과는 달리 말이 거칠게 나와 버렸다는 걸 깨달았다. 아무것도 할 수 없다는 허탈감 때문인지도 몰랐다.

"제나!"

"아니요, 난 고작 제타의 보호자일 뿐이에요. 그 이상도 이하도 아니라고요."

은파는 한동안 아무 말도 하지 않았다. 제나도 제타를 감싸 안은 채 휘몰아치는 바람을 등으로 받아 낼 뿐이었다. 하지만 조금 전에 한 말들이 후회됐다. 그렇게까지 말할 필요는 없었는데……. 공연히 은파에게 미안한 마음이 들었다.

'하지만 나보고 어떡하라고.'

제나는 크게 한숨을 쉬었고 체념한 듯 생각이 이어졌다.

'도저히 바람을 멈출 수 없는데. 곧 휘몰아칠 물결이 도시를 휩쓸고 사자의 눈물로 쏟아질 거야. 그러면 사자의 눈물이 소용돌이치며 도시를 집어삼킬 테고. 그런데도 내가 할 수 있는 건 아무것도 없잖아. 이렇게 머뭇거리기만 하다가 제타에게 무슨 일이라도 생긴다면…….'

제나는 어두운 생각의 실타래를 헤매느라 몸이 으스스 떨려 왔다.

"가려면 가! 네 말이 맞아. 이제 우리는 아무것도 할 수가 없어. 그래도 제타만은 살려야지."

파리해진 얼굴로 은파가 말했다. 그녀의 말에 진심이 묻어났다. 제나는 자기도 모르게 일어나 제타의 손을 꽉 잡았다. 그걸 눈치챘는지 은파가 말했다.

"최대한 멀리 북쪽으로 가. 그래야 살아남을 수 있어."

"네, 그럴게요. 그리고 미안해요. 고마웠고요."

제나는 진심을 담아서 말했다. 그러고는 불어오는 바람을 등지고 한 발짝 걸음을 뗐다. 한 걸음 한 걸음이 무거웠지만, 그래도 걸었다. 그러다 어느 순간부터 뛰기 시작했다.

'제타, 힘내! 지치면 안 돼!'

제나는 제타의 손을 꼭 잡고 몇 번이나 반복해서 말했다. 비록 입속으로 한 말이었지만, 그것은 자기 자신을 다그치는 말이기도 했다.

하지만 오래지 않아 제타의 걸음이 느려졌다. 그사이 얼굴이 새빨갛게 달아오른 제타는 힘든 내색을 하며 잔뜩 인상을 찌푸렸다.

"제타! 빨리 가야 해! 바다에서 몰려오는 파도가 우리를 집어삼킬 거야."

제나가 뒤편을 가리키며 말했다. 하늘은 잔뜩 성이 난 채 새까만 구름을 드리우고 있었다. 바람도 아까보다 한결 거세진 느낌이었다.

하지만 제타는 제나의 재촉에도 아랑곳없이 숨을 몰아쉬며 그 자리에 멈추어 섰다.

"안 돼! 가야 해!"

제나가 거듭 소리치며 제타를 끌어당겼다. 억지로라도 끌고 가야 했지만, 제타가 심하게 숨을 헐떡거렸다. 제나는 잠시 고민하다가 제타를 등에 업고 다시 걷기 시작했다.

눈물이 흘러내렸다. 아무것도 하지 못했다는 자책감 때문이었다. 왕국으로 돌아갈 수 없을지도 모른다는 두려움 때문이기도 했다.

엄마와 오빠들이 생각나자 제나가 중얼거렸다.

"미안해요!"

도대체 어쩌다가 이렇게 되었을까. 제나는 자꾸만 머리를 흔들며 무조건 앞으로 달렸다.

그때였다. 수로 위로 찢어진 만국기가 연달아 떠내려가는 게 보였다. 마파라미호에 장식되어 있던 만국기가 틀림없었다. 그 중에는 마파라미호를 상징하는 황금사자 문장이 그려진 깃발도 섞여 있었다.

그 순간, 제나의 머릿속에 무언가 스쳐 지나갔다. 제나는 걸음을 멈추고 제타를 바닥에 내려놓은 뒤, 바람이 불어오는 해안 쪽을 바라보았다. 그 끝에 아스라이 마파라미호의 꼭대기가 보였다.

"저거였어!"

제나는 혼잣말처럼 중얼거리고는 제타를 일으켜 손을 잡아

끌며 왔던 길로 다시 내달렸다.

"누나!"

제타가 소리 높여 불렀지만 제나는 돌아보지 않았다. 오직 마파라미호만 바라보면서 달렸다.

마파라미호를 찾아서

저 멀리서 은파가 이쪽을 보고 있었다. 이윽고 가까이 다가 갔을 때 은파가 제나를 빤히 바라보았다. 왜 돌아왔느냐고 묻는 표정이었다.

"잠시만요. 확인할 게 있어요."

제나는 짧게 말하고 길 한가운데로 나가 사방을 두리번거렸다. 바다 쪽으로 향하는 길 저편에 우뚝한 7층짜리 건물이 눈에 띄었다. 주변 건물들 가운데 가장 높았다. 제나가 그쪽으로 뛰어갔다.

"제나!"

은파와 제타가 따라가며 큰 소리로 불렀으나 제나는 아랑곳하지 않고 달려 한달음에 건물 입구에 이르렀다. 호텔 건물이었다. 제나는 다짜고짜 문을 열고 안으로 들어갔다. 맞은편 프런

트에 있던 직원들이 힐끗 쳐다보았지만 신경 쓰지 않았다.

제나는 급히 엘리베이터를 찾아 버튼을 눌렀다. 5층에 있던 엘리베이터가 내려와 1층에 멎었을 때 제타와 은파가 헉헉거리면서 뛰어왔다.

은파가 숨 돌릴 사이도 없이 다급히 물었다.

"도대체 무슨 일이야?"

"마파라미호라면 물길을 막을 수 있지 않을까요?"

"뭐라고? 그게 갑자기 무슨 소리야?"

은파가 헉헉대며 되물었다.

"마파라미호가 지금도 움직일 수 있다면서요?"

"그렇다고는 하지만……. 그래. 움직일 수 있다고 치고, 마파라미호를 이용한다고? 어떻게?"

"마파라미호를 황금나선 안쪽으로 끌어들이는 거예요. 흰 가면은 바다의 늑대를 이용해 물살을 회오리 모양으로 만들겠다는 거잖아요. 그러면 최대의 에너지를 얻게 될 테니까요."

"그런데?"

"만약 마파라미호가 물길을 막는다면 그 힘을 충분히 줄여주지 않겠어요?"

"그래서? 계속해 봐!"

"배의 덩치가 워낙 크니까 황금나선에 그려진 길을 따라가다보면, 어디에선가 좁은 수로 때문에 걸리고 말 거예요. 양쪽에 건물도 있을 테고요. 그러면 배가 더 나아가지 못하고 멈출 거예요."

"그렇게 되면 마파라미호가 방파제 역할을 하는 거네?"

"맞아요! 마파라미호가 정확히 황금나선 안으로만 들어온다면 가능해요."

셋은 엘리베이터를 타고 꼭대기 층으로 올라갔다.

엘리베이터 문이 열리자마자 제나가 가장 먼저 달려 나갔다. 꼭대기 층은 바다 쪽 전망이 탁 트인 옥상 카페였는데 다행히 사람이 하나도 없었다. 제나는 곧장 건물 끄트머리에 있는 난간까지 달려갔다. 난간 왼편에 대종탑과 마파라미호가 보였다. 제나는 시내 전체를 휘둘러보았다.

"물론 저 배를 누가, 그리고 어떻게 움직이느냐 하는 문제가 남았지만요."

제나가 자신 없게 끝맺은 말에 뜻밖에도 은파가 곧바로 대답했다.

"가능할 것 같아."

"네? 정말이에요? 저 배를 움직일 수 있어요? 어떻게요?"

"가리온 아저씨! 아저씨가 저 배를 탔었어. 일등 항해사였고, 안 타 본 배가 없다고 했어."

제나는 그제야 가리온 아저씨가 그 배를 탔었다고 말했던 게 기억났다.

곧이어 은파가 품속에서 앵무조개 나팔을 꺼내 불었다.

"뿌우우! 뿌우우!"

앵무조개 나팔 소리가 수로를 따라 저편으로 퍼져 나갔다.

끝없는 저주

버려진 배

선착장 끝머리에 다다랐을 때, 폐선은 높은 파도에 심하게 흔들리고 있었다. 엊그제까지만 해도 하늘을 가리며 펼쳐져 있던 흰 돛은 모두 접힌 채 여러 개의 활대에 둘둘 말려 있었다. 배의 앞뒤와 중간에는 높이 치솟은 굵은 돛대만이 우뚝 서 있었다. 찢어진 만국기가 여기저기서 요란하게 펄럭였는데, 그마저도 거센 바람에 곧 찢겨 나갈 듯 위태로워 보였다.

그러나 배 한가운데 있는 중심 돛대 꼭대기에는 여전히 파란 바탕의 깃발이 펄럭이고 있었다. 베나로스 시의 상징인 황금 사자를 그려 넣은 깃발이었다. 그 때문이었을까. 또다시 사자의 울음소리가 들리는 듯했다.

가리온 아저씨도 걸음을 멈춘 채 깃발을 바라보았는데 그 모습이 어쩐지 기괴해 보였다. 긴 머리카락이 바람에 흩날렸고, 무엇보다 한 손에 든 손도끼 때문에 등골이 서늘해졌다. 무슨 괴기 영화 속에 들어와 있는 듯한 기분이랄까. 아저씨는 잘 벼려서 날카롭게 보이는 도끼를 단단히 쥔 채 성큼성큼 폐선을 향해 다가갔다.

가리온 아저씨는 곧 관람용 철제 사다리를 타고 폐선 위로 오르기 시작했다. 사다리에서 삐거덕거리는 소리가 심하게 났다. 가리온 아저씨 뒤로 은파가 따랐고, 제나도 어쩔 수 없이 제타를 앞세우고 바짝 쫓아갔다.

제나는 갑판 위에 오르자마자 사방을 돌아보았다. 관광객도 관리인도 보이지 않았다.

휑한 갑판은 앞뒤로 길었고 폭도 꽤 넓었다. 어림짐작으로 보기에도 배가 정말 움직일 수만 있다면 수로를 막아서 휘몰아쳐 오는 거대한 물결을 막아 낼 수 있을 듯했다. 제나는 자기도 모르게 고개를 끄덕였다. 그러면서도 한편으로는 이 배가 과연 움직일 수 있을지 걱정스러웠다.

그때 가리온 아저씨가 갑판 맨 앞쪽으로 갔다. 제나도 그 뒤를 따라가며 아저씨의 등 너머로 펼쳐진 바다와 하늘을 바라보았다. 저 멀리서 거대한 물결이 이쪽으로 휘몰아쳐 오고 있었다. 머리 위에서는 늑대를 닮은 검은 구름이 주둥이를 쩍 벌린 채 내려다보고 있었다.

여전히 꼿꼿하게 서 있던 가리온 아저씨가 하늘을 향해 도끼를 쳐들더니 길게 외마디 소리를 토해 냈다.

"야아아아!"

그러자 마치 응답이라도 하듯 하늘에서 번개가 치더니 천둥이 요란하게 울렸다. 천둥소리에 제타가 움찔 놀라며 제나의 허리를 붙잡았다.

가리온 아저씨가 갑판 이쪽저쪽을 돌아보더니 손짓발짓까지 해 가며 은파에게 무어라고 중얼거렸다. 제나는 알아듣기 힘들었지만, 은파는 연신 고개를 끄덕였다.

가리온 아저씨가 배 한가운데 있는 돛대 아래로 뛰어가더니 은색 봉으로 세운 가드 라인을 가볍게 지나 안쪽으로 들어갔다. 〈접근 금지〉라고 쓰인 팻말이 바닥에 나뒹굴었다.

가드 라인 안에는 돛대와 그 주변의 나지막한 기둥, 그 기둥에 붙어 있는 쇠고리에 수없이 많은 줄이 복잡하게 얼크러져 있었다. 줄들은 저마다 굵기와 색깔이 달랐으며, 도르래와 연결되어 높은 돛의 꼭대기와 활대까지 이어져 있었다. 제나는 그게 무엇인지 짐작조차 하기 어려웠다. 일단은 가리온 아저씨를 지켜보는 수밖에 없었다.

가리온 아저씨는 복잡한 장치를 찬찬히 둘러보았다. 그러는 사이에도 폭풍은 쉴 새 없이 휘몰아쳤다. 덩치 큰 폐선이 흔들리고 덜컹거리는 모습은 자꾸만 고삐를 풀고 달아나려는 성난 망아지와 다름없었다.

얼마쯤 시간이 지났을까.

가리온 아저씨가 하늘로 치솟은 굵은 돛대를 올려다보았다. 그 위에는 돛대를 가로지른 세 개의 큰 활대와 장루―돛대 위에 설치한 전망대―가 보였다. 아저씨가 도끼를 높이 쳐들더니 가장 굵은 줄을 내리찍었다. 손목 굵기만큼 두꺼운 줄이었다.

"퍽, 퍽, 퍼벅!"

여러 번의 도끼질 끝에 팽팽했던 굵은 줄이 튕겨 나가듯 돛대 위로 뻗어 올랐다. 그와 동시에 활대에 묶여 있던 돛이 밑으로 툭 떨어지면서 바람을 받아 팽팽하게 펼쳐졌다.

처음에는 제일 위쪽 활대의 돛이, 그다음은 장루 아래에 있는 활대의 돛이 펴졌고, 마지막으로 그 아래쪽 가장 긴 활대의 돛이 펼쳐졌다. 바람을 잔뜩 머금은 세 개의 돛이 풍선처럼 한쪽으로 부풀어 올랐다.

그것을 신호로 배는 더 심하게 요동치기 시작했다. 선착장에 바싹 붙어 있던 배가 너무 심하게 들썩거려서 당장이라도 떠내려갈 것만 같았다.

가리온 아저씨가 도끼를 내려놓더니, 이번에는 돛대 기둥에 매여 있던 뒤엉킨 줄을 풀어내기 시작했다. 기둥에는 검지 굵기의 밧줄이 여러 갈래로 흩어져 있었는데, 그중 네 가닥을 동시에 잡고 재빨리 이리저리 당기자 활대가 옆으로 돌아가면서 돛의 방향이 바뀌었다. 가리온 아저씨는 움직임을 확인한 뒤 줄을 기둥 아래쪽에 단단히 묶었다. 그러자 배가 움직이는 게 확연하게 느껴졌다. 얼른 난간으로 나가 보니 배가 선착장에서 벗어나고 있었다.

"움직여! 배가 움직이고 있어!"

제타가 신기하다는 듯이 소리쳤다. 그러나 그것도 잠시, 무언가에 걸렸는지 배가 턱 멈추는 바람에 제나와 제타는 앞으로 고꾸라지고 말았다.

폭풍 속 출항

"가리온 아저씨!"

저만큼 나가떨어졌던 은파가 재빨리 몸을 일으키며 소리쳤다. 비틀거리던 가리온 아저씨가 선착장 쪽 난간으로 걸어갔다.

은파가 그 뒤를 따랐고, 제나와 제타도 손을 잡고 아저씨를 따라갔다.

"저거였군요. 닻줄!"

은파가 난간 아래를 내려다보더니 매여 있는 쇠줄을 가리키며 말했다. 아저씨가 고개를 끄덕였다. 멀리서 봐도 줄이 아주 단단하고 강해 보였다. 가리온 아저씨가 고개를 돌려 다시 은파에게 손짓발짓을 했다.

"우어어, 우어으, 아아!"

아저씨는 마음이 급한지 입으로도 소리를 냈지만, 제나는 전혀 알아들을 수 없었다. 그러나 은파는 고개를 끄덕이며 곧바로 제나에게 설명해 주었다.

"아저씨가 내려가서 닻줄을 끊고 돌아오겠대. 그러면 배가 선착장에서 벗어날 거라고."

그런데 아저씨가 급하게 손을 흔들어 댔다. 자꾸만 돛대를 가리키며 무어라고 웅얼거렸다. 은파는 다른 언어를 통역하듯 아저씨의 말을 전부 풀어서 알려 주었다.

"우리는 잘 지켜보고 있다가, 배가 움직이기 시작하면 저 아딧줄을 당겨서 돛대의 방향을 조절하래."

은파가 돛대 아래 있는 여러 가닥의 얇은 줄을 가리켰다. 은파가 다시 가리온 아저씨의 말을 전했다.

"바람이 지금 정남에서 불고 돛은 북쪽을 향해 있대. 맞죠? 하지만 배가 선착장을 완전히 벗어나려면 돛이 조금 더 서쪽을 향해야 하고……, 그래야만 선착장을 떠나 배가 서쪽으로 움직일 거래."

은파는 제나와 가리온 아저씨를 번갈아 보고, 다시 돛의 위쪽을 바라보며 말했다.

"잠깐! 아저씨, 뭐랬죠? 아…… 배가 북쪽으로 향하는 수로 앞에 이르면 곧바로 줄을 당겨서 돛이 다시 북쪽을 향하게 해야 한다고요? 알았어요. 그다음은요?"

"우어, 우어, 아으으으……."

"알았어요. 제나, 만약 이때 방향을 조절하지 못하면, 배는 그냥 서쪽으로 흘러가 버릴 거래. 그렇게 되면 모든 게 허사가 되는 거라고."

"……!"

가리온 아저씨의 말이 얼추 끝난 듯했다. 아저씨는 알아들었냐는 듯 은파를 향해 눈을 크게 뜨고 고개를 까닥거렸고, 잠시 시선을 돌려 제나를 바라보기도 했다. 은파가 연신 고개를 끄덕이자 아저씨는 은파의 어깨를 토닥여 주었다. 그러고는 아저씨가 마지막으로 당부하듯 웅얼거리자 은파가 재빨리 다시 풀어 주었다.

"아저씨는 배 밑으로 내려가 닻줄을 끊고 배 뒤쪽에 있는 방향타를 조정하러 가야 한대. 이곳은 우리에게 맡기고. 그러니까 배 위에서는 우리가 다 알아서 해야 해."

은파의 말이 끝나자마자 아저씨는 곧장 관람 계단을 타고 아래로 내려갔다. 계단은 아까보다 더 심하게 흔들렸다.

제나는 은파와 함께 난간에 서서 가리온 아저씨가 닻줄이 묶여 있는 선착장으로 내려가는 모습을 지켜보았다.

가리온 아저씨는 주변 건물을 이리저리 오가며 들락거리더니 이윽고 어디선가 커다란 망치를 찾아 들고 나왔다. 그러고는 서둘러 선착장으로 돌아와 망치를 높이 치켜들고 닻줄을 내리치기 시작했다.

"깡! 까깡!"

쇠와 쇠가 부딪치는 날카롭고 우렁우렁한 소리가 멀리 울려 퍼졌다. 그러는 동안에도 출렁거리는 배는 목줄을 붙잡힌 강아지처럼 자꾸만 앞으로 나아가려 했다. 가리온 아저씨가 망치를 거듭 내리칠수록 배는 점점 더 덜컥거렸다. 폭풍이 더 강해지고 있기 때문인지도 몰랐다.

'서둘러요, 아저씨. 어서요!'

제나는 제타의 손을 꼭 붙잡고 마음속으로 외쳤다.

초조한 마음으로 얼마나 기다렸을까. 어느 순간, 가리온 아저씨가 망치질을 멈추고 이쪽을 올려다보며 한 손을 번쩍 들어 보였다. 그러고는 잠시 숨을 고르는가 싶더니 다시 한번 망치를 힘껏 내리쳤다.

"깡!"

조금 전보다 크고 쩌렁쩌렁한 소리를 끝으로 배를 팽팽하게 붙들고 있던 쇠사슬이 마침내 끊어졌고 그와 동시에 배가 크게 출렁거렸다.

만만치 않은 충격에 제나는 중심을 잃고 비틀거렸고 제타는 제자리에 주저앉았다. 은파는 춤을 추듯 양팔을 휘젓다가 가까스로 균형을 잡았다. 그러는 동안 배는 이미 앞으로 나아가고 있었다. 생각보다 속도가 빨랐다.

"얼른 돛대로 가!"

은파가 소리치며 뛰어가자 제나도 돛대 아래로 달려갔다. 해야 할 일이 있었다. 둘은 제타에게 기둥을 꼭 붙잡고 있으라고 말한 다음, 아까 가리온 아저씨가 당부한 대로 먼저 아딧줄을 붙잡았다. 그리고 줄을 당기고 내려서 부풀어 오른 돛이 서쪽을 향하게 했다. 그러자 선착장을 떠난 배가 해안선을 따라 서쪽으로 이동하기 시작했다.

제나는 재빨리 배 앞쪽으로 다시 달려갔다. 배의 속도가 점점 빨라지고 있었다.

어느새 눈앞에 북쪽으로 향하는 수로가 나타났다.

"얼마 남지 않았어."

은파가 곁으로 다가와서 말했다. 제나는 침을 꿀꺽 삼켰다.

바람이 더 거칠어지자 배의 속도도 더 빨라졌다. 심장이 몹시 빠르게 뛰었고 손끝이 저릿했다.

북쪽으로 열린 수로가 코앞으로 다가온 순간, 은파가 큰 소리로 외쳤다.

"지금이야!"

즉시 돛대로 달려간 제나가 곧장 기둥에 매두었던 아딧줄을 푼 다음, 줄을 더 오른쪽으로 잡아끌어 돛대의 방향을 북쪽으로 움직였다. 그러자 배의 방향이 살짝 틀어졌다.

"더! 조금만 더!"

은파가 소리쳤다. 하지만 바람이 너무 거세서 마음대로 되지 않았다. 둘이서 온 힘을 다해 잡아당겼지만, 배의 방향은 좀체 바뀌지 않았다.

"안 돼! 가리온 아저씨는? 방향타는?"

제나가 소리치면서 있는 힘껏 줄을 잡아당겼다. 바로 그 순간, 제나의 몸이 바닥으로 내동댕이쳐졌다.

"아악!"

붙잡고 있던 4개의 아딧줄 중 2개가 끊어져 기둥 위로 튕겨 올라간 것이었다. 그 때문에 서북쪽으로 돌아앉았던 돛이 서쪽으로 완전히 돌아가 버렸고 배의 방향도 따라서 그편으로 바뀌었다.

"안 돼!"

제나가 소리치며 벌떡 일어났다. 그러고는 반사적으로 제타를 쳐다보았다. 다행히 제타는 제 앞에 있는 기둥을 꼭 붙잡고 있었다.

"어쩌지?"

은파가 발을 동동 굴렀다. 제나는 돛대 위를 쳐다보았다. 아딧줄이 첫 번째 활대까지 올라가 있었다. 그 줄을 다시 잡아야 했다. 주변을 살펴보니 다행히 돛대에는 'ㄷ'자로 된 쐐기가 촘촘하게 박혀 있었다. 뱃사람들이 그것을 붙잡고 장루를 오르내렸을 거라는 생각이 들었다.

제나가 곧바로 쐐기를 잡고 돛대를 오르기 시작했다.

"제나, 위험해!"

은파가 소리쳤지만 다른 방법은 없어 보였다. 제나는 빠른 속도로 기둥을 타고 올랐다. 그런데 딱 절반쯤 올랐을 때 강한 바람이 불어와 거칠게 제나의 몸을 휘감았다. 몸이 크게 휘청이는 바람에 하마터면 붙잡고 있던 쐐기를 놓칠 뻔했다.

제나는 잠깐 숨을 돌리고 다시 돛대를 기어 올라갔다. 물기 때문에 미끄러워서 위로 오를수록 힘들었다. 하지만 제나는 이를 악물고 조금씩 조금씩 위를 향했다. 마침내 놓쳤던 아딧줄에 손이 닿자, 제나는 한 손으로 재빨리 아딧줄을 하나씩 잡아 네 줄을 모두 꽉 쥔 뒤 힘껏 잡아당겼다. 하지만 역부족이었다. 아무리 당겨도 줄이 끌려오지 않았다. 한껏 바람을 받은 돛이 그리 쉽게 방향을 바꿀 리 없었다.

그때 하필 배의 앞부분이 내려다보였다. 배는 이제 북쪽 수로 옆을 지나고 있었다.

'여기서 방향을 바꾸지 못하면⋯⋯.'

퍼뜩 스치는 생각에 제나는 절망스러워 견딜 수가 없었다. 제나는 더 힘을 주어 아딧줄을 당겼다. 하지만 소용이 없었다. 배는 더 빠르게 서쪽으로 나아갔다.

'아! 이럴 수는 없어!'

머릿속에서는 거칠고 사나운 파도가 무서운 소용돌이를 일으키며 사자의 눈물까지 치닫는 그림이 그려졌다. 제나는 하마터면 비명을 지를 뻔했다. 이대로 내버려 둘 수는 없었다. 제나는 어금니를 다시 한번 꽉 물고, 양손으로는 아딧줄을 붙잡고 두 발로는 기둥을 힘껏 밀어냈다.

제나의 몸이 하늘로 붕 떠오르더니 곧바로 아래쪽으로 곤두박질쳤다. 몸의 무게 덕분이었을까. 돛의 방향이 어느 틈에 북쪽으로 바뀌었고 배의 앞머리도 따라서 북쪽으로 조금 틀어진 것이 보였다. 그다음은 알 수 없었다.

제나는 꼭 붙잡고 있던 아딧줄을 놓칠세라 제 몸에 휘감으며 바닥으로 떨어졌다.

"아아악!"

제나가 비명을 지르며 갑판 바닥에 나뒹굴었다. 곧이어 배가 무언가에 크게 부딪쳤다.

"콰콰콱! 픽!"

요란한 소리를 내며 배가 더욱 심하게 흔들렸고, 거센 충격이 느껴졌다. 겨우 중심을 잡고 일어나려던 제나가 다시 한번 바닥에서 굴렀다. 저편에 있던 은파와 제타 역시 내동댕이쳐지듯 넘어졌다.

다행인 것은, 아딧줄이 여전히 제나의 온몸에 감겨 있었고, 돛의 방향도 원하는 방향으로 돌아가 있었다는 것이다.

위험한 항해

온몸에 통증이 퍼졌다. 하지만 기어이 일어난 제나는 아딧줄을 다시 돛대에 묶은 뒤 배 앞쪽으로 달려갔다. 배 앞부분이 북쪽 수로 입구의 비어 있는 수상 버스 정류장 건물에 부딪혀 멈춰 선 것이었다. 그런 상태에서도 배 뒤쪽은 자꾸 서쪽으로 들썩거렸다. 뱃머리가 빨리 북쪽 수로를 타고 들어가지 않는다면, 배가 언제 다시 서쪽으로 흘러갈지 모를 일이었다.

"가리온 아저씨!"

은파가 애타게 소리치며 아저씨를 불렀다. 더는 무얼 어떻게 해야 좋을지 알 수 없는 막막함에 절로 터져 나온 부르짖음이었다. 그러나 가리온 아저씨는 나타나지 않았다.

"제나……!"

은파가 이번에는 제나를 불렀다. 하지만 제나 역시 아무 대꾸도 할 수 없었다.

'차라리 이럴 때 바람이 더 강하게 불어 준다면…….'

문득 제나의 머릿속에 이런 생각이 스쳤다. 그러자 아직 펼쳐지지 않은 배 앞뒤의 돛이 생각났다. 제나는 재빨리 몸을 돌려 가운데 있는 돛대 아래로 가서 아저씨가 놓고 간 도끼를 집어들고는 다시 앞쪽 돛대 아래로 달려갔다.

제나는 사방을 둘러보며 가장 굵은 밧줄을 찾아 아저씨가 했던 것처럼 그 밧줄을 내리쳤다.

"픽! 픽!"

다섯 번 만에 밧줄이 툭 끊어지면서 아까처럼 위로 튕겨 올라갔다. 활대에 묶여 있던 돛이 서서히 펼쳐졌다. 돛은 금세 부풀어 올랐고, 배 앞머리가 조금씩 움직이기 시작했다.

'조금만 더!'

제나는 다시 배 앞머리 쪽으로 달려갔다. 다행히 배 앞머리가 비어 있는 수상 버스 정류장의 지붕을 치받으며 북쪽 수로를 따라 나아갔다.

"됐어!"

제나는 얼결에 소리쳤다. 그제야 비로소 안도의 숨을 내쉬었다. 그러고는 제타를 끌어안았다. 제타는 영문도 모른 채 제나의 허리를 꼭 감싸안았다.

잠시 후 가리온 아저씨가 모습을 드러냈다. 아저씨는 돛대를 이리저리 살피더니 곧장 배의 가장 앞쪽 난간에 올라가 한참을 바라보았다. 그런 다음 서둘러 돛대 쪽으로 달려가 아딧줄을 다시 조정했다. 그러자 배가 수로를 따라 큰 원을 그리며 오른쪽으로 휘어져 들어갔다.

한동안 다들 가만히 사방을 지켜보기만 했다. 양옆으로 높고 낮은 건물들이 지나갔고, 등 뒤에서 몰려오는 바람은 더욱 거세지고 있었다.

얼마쯤 시간이 지났을까.

가리온 아저씨가 가운데 있는 돛대 쪽으로 가더니 줄 하나를 잡아당겼다. 돛이 반으로 접혔고, 앞쪽의 돛은 완전히 접혔다. 그러자 배의 속도가 조금씩 느려졌다.

그때 은파가 말했다.

"이제 거의 다 왔어. 여기야! 우리는 지금 바로 여기를 지나는 중이라고."

은파가 소용돌이가 그려진 사진의 한 부분을 가리켰다. 지도 한가운데에서 조금 위쪽이었다. 은파는 다시 왼쪽 중간 부분을 가리켰다.

"좁은 수로에 들어서서 배가 멈추면 충격이 아주 클 거야."

제나가 무언가 물어보려 할 때 은파가 한마디 덧붙였다. 제나는 질문하지 않고 고개를 끄덕였다. 가리온 아저씨가 돛대를 접은 이유를 알 것 같았다.

잠시 후, 예상대로 수로가 뚜렷이 좁아지자 배가 수로 양쪽 난간을 툭툭 치면서 앞으로 나아갔다. 그렇게 얼마쯤 더 갔을까. 배가 양쪽으로 마구 흔들리는가 싶더니 수로 옆에 있던 루나 보트들을 산산조각 내고 연이어 길가의 둑까지 무너뜨리기 시작했다. 급기야 수로의 물이 넘쳐 옆에 있는 건물로 휘몰아쳐 들어갔다.

바로 다음 순간이었다.

"콰콰콰!"

배가 양쪽 수로의 난간과 건물에 부딪히며 천둥 같은 소리를 냈다. 충격이 너무 커서 배가 심하게 요동쳤다. 난간 손잡이를 꽉 붙잡지 않으면 온전하게 서 있을 수조차 없었다. 배가 점점 더 심하게 앞뒤로 기우뚱거렸고 좌우로 크게 흔들렸다. 급히 몸을 낮춰 앞으로 엎드리려던 순간, 몸이 앞쪽 난간으로 쏠리면서 모두 데구루루 구르고 말았다.

"아아악!"

제타가 비명을 질렀다. 제나가 반사적으로 제타를 끌어안으면서 몸을 웅크렸다.

"쿠쿠쿵, 쿵!"

엄청난 굉음을 내며 배가 멈추기 시작하자 가까스로 중심을 잡았던 몸이 다시 앞쪽으로 훅 쏠렸다. 배가 완전히 멈출 때까지는 몸을 가누기가 좀체 쉽지 않았다.

잇따라 맨 앞쪽 돛대가 앞으로 툭 꺾였다.

"으아아악!"

돛대는 맨 앞쪽 난간을 부수고 수로 앞으로 떨어졌다. 그 바람에 배는 다시 한번 덜컹거렸고, 모두들 아래쪽으로 푹 주저앉았다.

겨우 정신을 차리고 보니 배는 오른쪽으로 기울어진 채 완전히 멈춰 있었다. 배의 양편이 수로 둑에 꽉 끼인 상태였다.

"됐어. 이제 바다의 늑대가 몰고 오는 거친 파도를 막을 수
있어."

하지만 은파의 말을 비웃기라도 하듯 뒤편에서 어느 때보다
거친 바람이 불어왔다. 사납게 들이닥친 바람은 가만히 서 있
기조차 힘들 만큼 거세고 매서웠다.

"몸을 낮춰! 뭐든 잡아야 해!"

은파가 소리쳤다. 다시 자세를 낮추고 몸을 웅크렸지만, 바람
이 문제가 아니었다. 어마어마하게 성난 파도가 바람을 등에 업
고 배 뒤편에서 무섭게 몰아닥치고 있었다.

제나는 넋이 나간 듯 중얼거렸다.

"아, 안 돼!"

제나의 말이 끝나자마자 파도가 배 뒷전을 쉴 새 없이 때렸
다. 단순한 파도가 아니었다. 말 그대로 사악한 늑대 무리가 들
이닥친 듯 너무 두렵고 끔찍했다.

한 떼의 늑대 무리가 달려들어 배의 꽁무니를 할퀴었고, 연
이어 들이닥친 또 다른 무리는 기어코 배를 부수었다. 그리고
마치 사냥한 짐승을 해체하듯 배의 몸체를 찢어발겼다.

"쿠르르르릉!"

거친 파도가 배와 수로 양쪽의 건물들을 때리고 부수는 소
리가 기괴하게 들렸다. 이제 멈췄나 싶으면 또 달려들어 그 무

엇도 남김없이 삼켜 버릴 기세였다. 놈들은 집요했고 거침이 없었다.

제나는 제타를 끌어안고 배 앞쪽 난간에 웅크린 채 필사적으로 버텼다. 은파는 옆에서 다독여 주었고, 가리온 아저씨는 세 사람을 등으로 감싸안아 파도를 막아 주었다.

"제타, 괜찮아! 괜찮을 거야!"

제나는 바들바들 떨고 있는 제타를 계속해서 달래며 덮쳐 오는 바람과 파도를 버텼다. 온몸을 놈들에게 얼마나 오랫동안 뜯겼는지 알 수 없었다.

한참 후 정신을 차렸을 때는 배의 절반 이상이 형체조차 알아보기 힘들 정도로 부서져 있었다. 수로 주변에 있는 길이나 건물 앞에는 부서진 배의 파편이 어지럽게 흩어져 있었고, 가운데 돛대마저 꺾여 난간 한쪽으로 쓰러져 있었다.

"괜찮니? 다친 데는 없어?"

제나는 자기 품에 몸을 묻고 있던 제타를 일으키며 물었다. 제타는 숙이고 있던 고개를 들어 천천히 끄덕였다.

"이제 괜찮을 거야. 다 끝났어."

은파가 다가오면서 말했다. 그 말에 제나는 길게 안도의 숨을 내쉬고는 털썩 주저앉았다.

'이제 됐어. 된 거…….'

제나는 스스로 다독이듯 중얼거렸다. 그런데 그 말이 채 끝나기도 전에 제타가 손을 들어 제나의 등 너머를 가리켰다.

"제타, 왜?"

제나가 무심결에 물으며 뒤를 돌아보았다. 제타의 손끝을 따라 시선이 닿은 곳에 어렴풋한 실루엣이 보였다. 부서진 배의 잔해가 산더미처럼 쌓인 곳 위쪽에 흰 가면이 마치 한 폭의 그림처럼 서 있었다.

날개 달린 사자들

흰 가면의 협박

"아직 끝나지 않았다! 수백 년 동안 이날만을 기다렸는데 이 대로 주저앉을 것 같으냐? 바다의 늑대는 아직 남쪽에서 불어 오고 있고 나에게는 생명의 힘이 있으니, 곧 베나로스의 종말 을 볼 것이다!"

흰 가면은 분노 가득한 말을 쏟아 내고는 곧장 수로 위쪽으 로 사라졌다. 이전처럼 칼을 들고 위협하지는 않았는데, 어쩌면 가리온 아저씨가 나섰기 때문인지도 몰랐다. 제나는 흰 가면이 사라진 자리를 한참 동안 바라보았다.

그의 목소리가 계속 살아남아 머릿속을 울렸다. 하지만 그

의미를 다 헤아리기는 어려웠다. 지금은 그저 정신을 좀 차리고 잠시라도 쉬고 싶은 생각뿐이었다.

제나 일행은 부서진 배에서 내려 수로 옆 한길에 앉았다. 거칠게 몰아치던 파도가 잠잠해지기는 했지만, 바람은 여전히 거세게 불었다. 피할 곳을 찾아야 했다. 우선 문이 굳게 닫힌 상점 건물 안으로 들어가서 바람을 피했다. 그러자 조금 정신이 났다.

"그래, 아직 끝난 게 아니었어!"

갑자기 은파가 정색하며 혼잣말처럼 되뇌었다. 굳은 얼굴로 하늘 저편 어딘가를 심각하게 바라보는 은파의 눈길을 따라 제나가 시선을 돌렸다.

"아!"

하늘에는 검은 구름보다 더 짙은 흑색 띠가 드리워져 있었다. 흠칫하면서도 계속 쳐다보고 있다가 더 해괴한 사실을 깨달았다. 검은 띠가 어느 한쪽으로 움직이고 있었다.

"저, 저게 뭐죠?"

물어보긴 했지만, 제나는 그게 무엇인지 어렵지 않게 알아차렸다. 다름 아닌 새 떼였다.

"은파!"

제나는 엉겁결에 은파의 팔을 붙잡았다. 은파도 알아차린 표정이었다. 마침 흰 가면이 '나에게 생명의 힘이 있으니'라고 외쳤던 말이 생각났다.

은파가 건물 밖으로 나가더니 새 떼가 날아가는 쪽으로 열댓 걸음을 더 내디뎠다.

"어디로 가는 걸까요?"

"대종탑으로 가고 있어."

은파가 새 떼에서 눈을 떼지 않고 말했다. 새 떼가 날아가는 방향으로 시선을 따라가 보니 정말로 대종탑의 꼭대기가 희미하게 보였다.

"대종탑이 무너지기라도 한다면 어떻게 되는 거죠?"

"무너진다면…… 아마 피해가 어마어마하겠지. 주변의 많은 건물이 주저앉을 테고, 특히 남쪽에 있는 오래된 건물들은……."

"그게 무슨 말이에요?"

"맞아! 우리가 비록 황금나선의 길목을 막긴 했지만, 대종탑을 포함해 남쪽 건물들이 무너지면 바다의 늑대를 정면으로 불러들일 수 있어. 사실상 방어벽 역할을 하던 건물들이 사라지는 거니까. 그러면 거대한 파도가 직접 사자의 눈물로……. 안 돼!"

은파가 굳은 얼굴로 소리를 질렀다. 상기된 얼굴에 불안한 기색이 역력했다. 제나가 다시 은파의 팔을 잡았다.

"자, 잠깐만요. 그러니까 저 새 떼가 대종탑을 무너뜨리기라도 한다는 거예요? 그게 가능하다고 생각해요? 유리마법사가 아무리 마술을 부려도 저건 새에 불과해요. 게다가 유리로 만들어진 새란 말이에요. 저 새들로 어떻게 대종탑을 무너뜨려요? 뭔가 다른 목적이 있지 않을까요?"

실제로 그런 의심이 들었다. 벽에 부딪히면 깨지는 유리 새가 대종탑을 위협할 수 있을 것 같지는 않았다.

'그렇다면 저 새 떼로 뭘 하려는 걸까?'

새들이 어디로 가는지를 확인해야 했다. 분노에 가득 차서 소리 지르던 흰 가면이 떠올랐다. 마음이 다급해진 제나와 은파가 대종탑으로 향했다. 제타도 제나의 손을 잡고 따라갔다. 가리온 아저씨는 벌써 저만치 앞서가고 있었다.

되돌아온 유리 새

대종탑 앞에 이르렀을 때 광장 아래쪽은 이미 무릎 밑까지 물이 차올라 있었다. 마주쳐 오는 바람이 어찌나 거센지 눈을 뜨고 있기조차 어려웠다. 바람을 등지고 서자, 누군가 온 힘을 다해 등을 밀어내는 것처럼 느껴졌다. 사람들은 거의 보이지 않았고, 그나마 다행스러운 건 빗방울이 굵지 않다는 것이었다. 어디선가 끊임없이 사이렌 소리가 들렸다.

새 떼는 광장 주변의 하늘을 이리저리 날았다. 한 무리는 비행 연습이라도 하듯 하늘 높이 치솟았고, 또 다른 무리는 가만히 머리 위를 맴돌았다. 그런가 하면 수십 마리가 대종탑 주위를 돌다가 그중 몇 마리는 탑에 부딪혀서 부서지기도 했다. 또 열댓 마리는 이편으로 날아와 날카로운 부리를 내밀었다. 제나는 그때마다 손과 발을 휘둘러 새들을 떨어뜨렸다.

"도대체 어떻게 된 일이에요?"

제나가 은파에게 물었다. 은파는 사방을 두리번거릴 뿐 아무런 대답도 하지 않았다. 가리온 아저씨조차 말이 없었다.

"어쨌든 저 새들이 노리는 건 대종탑이야."

한참 만에 은파가 말했다. 제나는 그 말이 맞는다고도 틀린다고도 할 수가 없었다. 새들이 이곳을 떠나지 않는 것으로 보면 맞는 말이었지만, 도대체 새들이 무얼 어쩌자는 건지 알 수 없어 너무 답답했다.

그사이 새들은 더 많이 모여들었고 바람은 더욱 거세졌다. 그리고 오래지 않아 은파의 말이 틀리지 않았다는 사실을 깨달았다.

제타가 갑자기 팔을 들어 대종탑을 가리켰다. 거기에 누군가 보였다. 4, 5층 높이의 아치형으로 장식된 발코니 끝에 서 있는 건 흰 가면 아니, 유리마법사였다. 앞쪽으로 툭 불거진 발코니여서 유리마법사는 마치 무대 위에 서 있는 것 같았다.

은파와 가리온 아저씨가 황급히 그쪽으로 내달렸다. 제나도 제타의 손을 잡고 그 뒤를 따랐다. 그러자 마치 이런 상황을 기다리기라도 했다는 듯 유리마법사가 외쳤다.

"베나로스의 종말이 바로 이 대종탑에서 시작될 것이다! 나의 생명을 받은 검은 천사들이여, 대종탑으로 오라! 바다의 늑대여! 다시 한번 불어오라! 거세게 불어와 나의 생명에 힘을 다오! 바다의 늑대여!"

주문을 외듯 바다 쪽을 향해 큰 소리로 외친 유리마법사가 두 손을 높이 치켜들었다. 그러고는 되풀이해서 소리를 질렀다.

얼마나 시간이 지났을까.

남쪽 하늘이 더욱 새까만 구름으로 뒤덮이는가 싶더니 빠르게 이쪽으로 몰려오기 시작했다. 곧이어 거칠고 거센 바람이 들이닥쳤다. 조금 전까지 온몸에 와 닿았던 바람과는 확연히 달랐다. 그것은 뜨겁고도 차가운 바람이었다. 몸에 닿을 때는 활활 타오르는 불길처럼 뜨거웠지만, 그 끝은 얼음처럼 차가워서 소름이 돋았다.

"유리마법사가 바다의 늑대를 부르고 있어!"

"그, 그게 가능한 일이에요? 어떻게……."

제나가 당황한듯 물었다.

"말했잖아. 바다의 늑대가 불어오는 날에는 우리가 상상할 수 없는 일들이 일어난다고."

말을 마치자마자 은파는 가리온 아저씨와 함께 대종탑을 향해 달려갔다. 제나와 제타도 뒤따랐지만, 열댓 걸음도 채 내딛지 못하고 멈추어야만 했다.

흩어져 있던 새들이 일제히 달려들어 아주 빠른 속도로 그들 주위를 에워쌌기 때문이었다. 새들은 빠르게 원을 그리며 돌기 시작했다. 졸지에 네 사람은 새들이 만든 감옥에 갇힌 꼴이 되어 서로 등을 맞댄 채 꼼짝하지 못했다. 가리온 아저씨가 언제 들고 왔는지 루나 보트의 노를 휘둘렀지만, 새 수십 마리가 깨져서 떨어졌을 뿐 원형의 감옥에서 벗어날 수는 없었다.

"하아!"

제나가 깊은 한숨을 내뱉었다. 아무것도 할 수 없는 처지가 너무나 답답했다.

그런데 더 기막힌 일은 따로 있었다.

"제나……!"

은파가 거칠게 제나를 돌려세웠다. 순간 눈에 띈 것은 새들의 군무^{群舞}였다. 광장을 떠돌던 새들과 남서쪽 어디선가 날아온 새들이 점차 한곳으로 모여들기 시작했다. 새들은 무리 지어 달아났다가 하늘로 치솟았다가 또다시 땅에 부딪힐 듯이 요동쳤다. 그러다가 마침내 거대한 회오리 모양을 만들며 날아올랐다. 마치 어마어마한 토네이도 모양이었다.

"소용돌이……?"

"그래. 유리마법사는 지금 새들을 이용해 바다의 늑대를 소용돌이 바람으로 바꾸고 있어."

말 그대로였다. 거대한 토네이도는 이리저리 움직이며 모든 것을 파괴하고 있었다. 건물이 부서지고 땅에 있던 모든 것이 소용돌이 안으로 빨려 들어갔다.

"그럼 곧……?"

"그래. 저렇게 사방을 휩쓸고 다니는 건 더 큰 힘을 끌어모으려는 의도야. 최대의 에너지가 모이면 곧바로 대종탑으로 달려들겠지."

"그 엄청난 힘이 대종탑을 때리면……? 어, 어떻게 하죠?"

제나가 되물었다. 비로소 아까 은파가 했던 말을 알 것 같았다. 대종탑을 무너뜨려서 베나로스를 파괴할 거라던 그 말이 이제야 실감이 났다.

"은파!"

제나가 은파의 팔을 잡고 흔들었다. 하지만 은파는 넋을 잃은 듯 멍하니 토네이도만 바라보고 있었다.

그때였다. 조금 전까지만 해도 전혀 알아채지 못했던 소리가 들렸다.

"구우우우우웅! 크크커커커앙!"

낮은 소리였지만, 사방의 공기를 뒤흔드는 소리였다. 소리는 조금씩 커졌고, 소용돌이 바람도 더욱 가까워졌다.

그리고 무엇보다 대종탑이 흔들리고 있었다. 처음엔 착시라고 생각했지만, 아니었다.

"안 돼! 마법사를 막아야 해!"

은파가 소리를 질렀다. 하지만 앞으로 나아가려고 하자 새들이 날아들었다. 닥치는 대로 손날치기와 앞차기를 썼지만 고작 몇 마리만 떨어뜨렸을 뿐이었다. 나무 막대기를 휘두르며 쫓아내려 해도 별 소용이 없었다. 겨우 네댓 걸음 나아갔을 뿐 더는 앞으로 나갈 수가 없었다.

소용돌이 바람이 점점 더 가까이 다가왔다. 지그재그로 돌진하면서 바닷가에 세워져 있던 루나 보트들을 깨트리고, 그보다 더 큰 수상 버스를 뒤엎고, 선착장을 부수었다. 또 광장의 가로등을 쓰러뜨리고, 석상들을 깨부수고, 바닥에 구멍을 냈다.

얼핏 대종탑은 더 심하게 흔들리는 것 같았고 바람 소리는 더욱더 강해졌다. 어딘가에서는 비명 소리가 들렸다.

"어떡해?"

안절부절못하던 은파가 중얼거렸다. 하지만 제나 역시 할 수 있는 게 아무것도 없었다. 이렇게 모든 게 끝날 수도 있겠다는 생각이 머릿속을 스쳤다. 하필 그때 전에 꾸었던 꿈이 떠올랐다. 베나로스를 한입에 집어삼킬 듯했던 괴물 꿈.

'저거였구나. 파란 눈의 시커먼 괴물의 정체는 바로 저 새 떼였어. 대종탑을 무너뜨리고 베나로스를 물속에 빠뜨린 괴물은 바로 저 소용돌이 바람이었고.'

제나는 몸을 부르르 떨었다. 온몸의 기운이 쭉 빠져나가는 것 같았다. 이제는 정말 끝이구나 싶었다. 달려오는 토네이도를 막을 수도, 앞길을 가로막은 새 떼들을 물리칠 수도 없으니 너무나 절망적이었다.

그런데 맨몸으로라도 새의 감옥에서 벗어나야겠다고 마음먹은 순간, 주위를 둘러싸고 있던 새들이 스르르 날아가 버렸다. 그러더니 코앞까지 다가온 토네이도 안으로 순식간에 빨려 들어가는 게 아닌가.

"토네이도가 최대한으로 힘을 모으고 있어. 단 한 마리의 새까지도 끌어모아 토네이도의 위력을 최대치로 높이려는 거야!"

은파의 말이 떨어지기가 무섭게 제나가 반사적으로 외쳤다.

"일단 유리마법사를 찾아야 해!"

제나는 제타의 손을 잡고 곧바로 대종탑을 향해 달리기 시작했다. 유리마법사는 여전히 그 자리에서 아직도 주문을 외고 있었다.

바다의 늑대

계단을 따라 5층까지 올라가자 꽤 넓은 방이 나왔다. 온갖 옛 물건이 들어찬 전시실이었다. 사방 벽에 들어차 있는 유리 장식장 안에는 옛 그림과 오래된 옷, 장식품들이 빼곡하게 진열되어 있었다. 중앙에는 석상들과 철 갑옷을 입고 창과 칼을 든 철 가면 기사들의 모형도 있었다.

전시실 입구 오른편 창 너머에 발코니가 있었다. 제나는 발코니로 달려 나갔다. 유리마법사가 바로 거기 서 있었다. 한쪽 끝에 서서 바다 쪽을 바라보며 알 수 없는 주문을 외우면서.

제나는 더 가까이 가지 못하고 잠시 머뭇거렸다. 새들이 유리마법사를 둘러싸고 있었기 때문이다. 원 모양의 감옥을 만들어 그들을 가두었던 것처럼 이번에는 새들이 유리마법사를 둘러싸고 있었다.

"멈춰!"

제나가 소리쳤다.

유리마법사는 여전히 흰 가면을 쓰고 있었다.

"멈추라고 했는가? 대자연의 운명을 어찌 멈춘단 말인가? 네 눈에는 보이지 않느냐? 베나로스의 운명을 결정지을 저 회오리 말이다."

때마침 유리마법사의 등 뒤에서 거대한 흑색 회오리바람이 몰려오고 있었다.

"그만하지 못해? 너를 가만두지 않겠다."

제나가 용기를 내어 다시 소리쳤다.

"후후! 네가 무엇을 할 수 있다고 생각하느냐? 저 거대한 바람을 네 힘으로 잠재울 수 있다고 생각하느냐? 똑똑히 보아라. 대종탑이 어떻게 무너지는지, 그리고 베나로스가 어떻게 물에 잠기는지!"

제나의 말에 유리마법사가 더 큰 소리로 답했다. 말끝에 힘을 줘서 목소리가 더 날카롭게 울렸다. 어느새 새까만 유리 새의 회오리바람이 바싹 다가왔다.

너무 거세서 그 자리에 서 있기조차 힘들었다. 눈을 뜰 수가 없었고, 숨을 쉬기도 어려웠다.

"피해야 해. 엎드려!"

은파가 소리치며 뒤로 물러나 재빨리 몸을 낮추었다. 거칠고 거센 바람에 유리 새들까지 한꺼번에 휘몰아쳐 왔다. 한순간에 모든 것이 부서지고 깨지고 쓰러지고 무너졌다. 장식장은 모두 파괴되었고 석상들은 넘어지면서 머리와 팔다리가 부서졌다. 천장에 매달린 샹들리에는 떨어져 바닥에 곤두박질쳤고, 전시실을 채우고 있던 모든 물건들이 이리저리 휩쓸려 나갔다. 그걸로도 모자라 벽에는 금이 가고 벽돌 조각들은 떨어져 내렸다. 건물이 송두리째 무너져 내릴 것 같아서 너무 두렵고 무서웠다. 바닥에도 쩍쩍 금이 가서 마치 강력한 지진이라도 휩쓸고 지나간 것 같았다.

거기서 끝이 아니었다. 뒤미처 바람을 타고 들어온 유리 새의 부서진 조각들이 화살처럼 날아와 벽에, 바닥에, 그리고 몸에 꽂혔다. 옷을 뚫고 몸 안으로 파고든 파편들도 있었다.

제나가 제타를 감싸안고 한구석에서 몸을 웅크렸을 때 제타가 갑자기 비명을 질렀다.

"아아악!"

제나가 급히 제타를 살폈다.

아! 손바닥만 한 유리 파편 하나가 제타의 왼쪽 어깨에 박혀 있었다.

"안 돼!"

재빨리 유리 조각을 빼내자, 피가 주르륵 흘러내렸다. 제나는 황급히 옷소매를 찢어 상처 부위를 꽉 눌렀다. 몹시 아프고 괴로운지 제타는 잔뜩 인상을 찌푸렸다.

"누, 누나! 아파! 너무 아파! 그래도 괜찮아, 누나!"

제타는 알 수 없는 말을 했지만, 많이 아프다는 것만은 알 수 있었다. 곧장 달려온 은파가 제타의 상처를 살폈다.

"다행히 유리가 아주 깊이 박혔던 것 같지는 않아. 제타, 조금만 참아!"

은파가 조심스럽게 말했다.

그때 바람이 잦아든 틈을 타 유리마법사가 말했다.

"보았느냐? 이것은 시작에 불과하다. 곧이어 방금 지나간 소용돌이보다 더 강력한 소용돌이가 몰려올 것이다. 그러면 대종탑도 베나로스도 마지막이 될 거야!"

유리마법사는 그 자리에 꼿꼿하게 서서 큰 소리로 외쳤다. 제나는 화가 치밀었다. 당장이라도 달려들어 놈의 목을 조르고 싶었다. 제나가 먼저 몸을 일으켰지만, 가리온 아저씨가 한발 빨랐다.

어느새 가리온 아저씨가 바닥에 나뒹굴던 창을 집어 들었다. 전시됐던 철 가면 기사의 손에 들려 있던 창이었다. 창은 아저씨 키보다도 더 길었다. 아저씨는 창을 들고 유리마법사를 향해 달렸다.

"우어어어앗!"

가리온 아저씨가 창으로 유리마법사를 둘러싸고 있던 새들을 내리치고 휘저었다.

"챙챙, 채챙! 챙!"

요란한 소리를 울리며 수없이 많은 유리 새가 깨지고 부서졌다. 하지만 달라지는 건 없었다. 산산조각 난 유리 파편이 분수처럼 튀었지만, 마법사를 둘러싼 유리 새들은 여전히 그대로였다. 아니, 잠시 후에는 도리어 가리온 아저씨를 공격했다. 한두 마리가 아니라 떼로 덤벼들어 아저씨를 쪼아 댔다. 머리, 가슴, 팔다리, 어디든 가리지 않고 물어뜯었다.

아저씨는 비틀거리면서 뒤로 물러났다. 얼굴은 온통 피투성이였고, 위아래 할 것 없이 옷이 죄다 너덜너덜해졌다.

"아저씨!"

은파가 가리온 아저씨에게 달려갔다. 그러나 아저씨는 좀처럼 기력을 찾지 못하고 쓰러져 버렸다.

그때, 유리마법사가 다시 소리쳤다.

"저 위대한 바람이 보이느냐? 저 소용돌이가 베나로스에 마지막을 선물할 것이다. 저 바람이 대종탑을 무너뜨리고 베나로스를 산산이 부숴 버릴 것이다. 각오하거라!"

그가 퍼붓는 말이 마치 저주처럼 들렸다. 제나는 두려웠다. 실제로 유리마법사의 등 뒤로 아까보다 훨씬 더 큰 바람, 아니 유리 새의 시커먼 토네이도가 몰려오고 있었다.

유리마법사의 운명

제나는 그걸 막아 낼 힘이 없다는 게 한탄스러울 뿐이었다. 아니, 그런 자신이 미워서 견딜 수가 없었다. 그래서 이번에는 그만두라거나 안 된다고 소리조차 지르지 못했다. 할 수 있는 게 고작 그것뿐이라는 사실을 고백하는 것 같았기 때문이다.

하지만 제나는 다시 일어나려고 했다. 아무것도 하지 않고 이대로 물러설 수는 없었다. 주먹을 꼭 쥐고 어금니를 꽉 물었다.

바로 그때, 제타가 제나의 손을 붙잡았다. 잔뜩 걱정스러운 표정이었다.

"제타! 위험한 거 알아. 하지만 여기서 그냥 주저앉을 수는 없어. 그럼 우리는 두 번 다시 미래로 돌아갈 수 없으니까."

제나가 차분하게 말했다. 하지만 제타는 왜인지 고개를 가로저었다. 그러더니 제 목에 걸린 베나로 스톤을 풀어 제나의 목에 걸어 주었다.

"제타, 이건 왜……?"

고개를 갸웃하는 제나를 보면서도 제타는 그저 맑은 눈만 깜박일 뿐이었다. '베나로 스톤이 누나를 지켜 줄 거야.' 그런 뜻이 담겨 있는 눈빛이었다. 제나는 울컥했다.

제나는 천천히 일어나 앞으로 걸어갔다. 가리온 아저씨가 주워 들었던 창을 집어 들었다. 그러고는 숨을 한번 깊게 들이쉬고 소리쳤다.

"당장 멈춰!"

제나가 외쳤지만 유리마법사는 꼼짝하지 않고 도리어 엄포를 놓았다.

"물러서라! 그렇지 않으면 이 소용돌이가 가장 먼저 너부터 집어삼킬 테니까."

회오리 같은 바람이 대종탑을 집어삼킬 듯 시커먼 아가리를 벌린 채 맹렬하게 돌진해 왔다. 그 기세에 제나의 몸이 심하게 떨렸다.

그러나 제나는 꿋꿋이 버티고 서서 다시 소리쳤다.

"멈추라고 했다. 베나로자 왕국의 공주가 명령한다. 당장 멈추고 무릎을 꿇어라!"

제나는 손에 쥔 창을 높이 들었다. 그때였다. 제나의 가슴 위에서 베나로 스톤이 파랗게 빛을 내뿜었다. 파란빛은 온몸을 은은하게 감싸더니 창끝으로 뻗어 나갔다. 그 때문일까. 제나는 몸이 뜨거워지는 느낌이 들었다. 그런데 창을 쥔 손끝이 차가워졌다. 더는 창을 붙잡고 있을 수 없을 만큼 차가웠다. 제나는 온 힘을 모아 파랗게 물든 창을 내던졌다.

"휘이이이잇!"

파란빛을 머금은 창이 바람을 가르며 날아갔다. 그러고는 순식간에 유리마법사를 둘러싼 새의 무리를 뚫고 지나갔다.

"픽! 파앗!"

원을 그리며 돌던 유리 새들이 일시에 부서지면서 파편이 되어 흩어졌다. 파란빛의 창은 유리마법사 바로 옆 난간에 꽂혔고, 창대가 파르르 떨렸다. 그사이 유리마법사를 감싸던 새들은 뿔뿔이 흩어져 자취를 감추었다.

유리마법사는 새파랗게 질린 채 그 자리에 얼어붙었다. 제나가 성큼성큼 걸어가 한 손으로 그의 목을 움켜쥐었다. 그 손끝에도 파란빛이 감돌았다. 제나는 자신도 알 수 없는 힘을 느끼면서 손아귀에 잔뜩 힘을 주었다. 유리마법사는 꼼짝도 못 하고 버둥거렸다.

"내가 명령하지 않았느냐?"

"컥컥! 나, 난 그 명령을 듣지 않는다."

"지금이라도 무릎을 꿇어라. 나는 베나로자 왕국의 공주다!"

"이미 늦었다. 저 바람을 어, 어찌 멈추겠는가? 나도 이제는 머, 멈출 수가……. 저 바람은 곧 대종탑을…… 무너뜨리고……."

숨이 막히는지 유리마법사는 말 한마디 하는 것조차 버거워 보였다. 그런데도 제나는 놈의 목을 놓아줄 생각이 눈곱만큼도 없었다. 오히려 목을 움켜쥔 손에 더욱 세게 힘을 주었다. 어쩌면 시간의 커튼 너머까지 쫓아오던 마지막 추적자의 얼굴이 떠올랐기 때문인지도 몰랐다.

그러나 유리마법사의 말이 사실이라면, 그의 숨통을 끊어 놓는다 해도 달라질 건 아무것도 없었다.

사자의 울음

새 떼가, 아니 어마어마한 회오리 폭풍이 바싹 다가와 있었다. 마치 뱀이 곧추서서 춤을 추듯 유리 새로 만들어진 회오리 폭풍이 널따란 아가리를 대종탑의 꼭대기 쪽으로 기울였다. 바람은 더 견디기 힘들 정도로 거세져 있었다. 난간을 붙잡지 않고는 온전히 서 있을 수도 없었다.

"안 돼!"

제나는 크게 소리치며 유리마법사를 바닥에 내동댕이쳤다. 그리고 난간에 박혀 있던 창을 뽑았다. 아직도 파란빛이 희미하게 남아 있던 창은 제나가 다시 손에 쥐자 더 파랗게 빛났다.

제나는 난간 끝에 버티고 서서 어금니를 앙다문 채 창을 꽉 쥐었다. 가슴에 달린 베나로 스톤이 더 파랗게 빛났다. 몸이 새파랗게 불타 버릴 것 같은 두려움이 밀려왔지만, 상관없었다. 대종탑을, 베나로스를 지켜 낼 수만 있다면!

제나는 온 힘을 끌어모으고 잠시 숨을 돌린 뒤 마침내 유리 새가 만든 토네이도의 아가리를 향해 있는 힘껏 창을 내던졌다. 주문을 외듯 소리치면서.

"멈춰라, 유리 새의 마법이여!"

순간, 창이 더 새파란 빛을 내며 토네이도를 향해 날아갔다. 마치 커다란 유성이 꼬리를 남기며 날아가는 모습 같았다.

바로 그때 기다렸다는 듯 종소리가 울려 퍼졌다.

"뎅! 데뎅! 뎅!"

종소리를 가르며 날아간 창이 마침내 토네이도의 아가리를 뚫었다. 아니, 그러는가 싶더니 다음 순간, 마치 살아 있는 짐승이 움직이듯 소용돌이 안팎을 휘저었다. 아니, 창이 정말로 어느 순간 날개 달린 사자의 모습으로 변해서 그르렁거리며 포효했다.

그런데 잘못 본 것일까?

날개 달린 사자는 한 마리가 아니었다. 수십 마리, 아니 그 이상이었다. 도대체 저 많은 사자가 다 어디서 나타났을까. 문득 머릿속에 대종탑을 떠받치던 수백 개의 기둥과 그 기둥에 조각된 사자상들이 떠올랐다.

"아!"

제나는 자기도 모르게 탄성을 내뱉었다.

날개 달린 사자들은 마침내 활활 타오르는 새파란 불꽃을 뒤집어쓴 채 수만 마리의 유리 새가 만든 소용돌이의 위아래와 안팎을 멋대로 휘저었다. 견고하고 탄탄해 보였던 소용돌이에 구멍이 생기며 모양이 흐트러졌다. 회오리 모양이 순식간에 무너지더니 유리 새들이 갈피를 못 잡고 사방으로 흩어졌다.

뒤이어 파란 불꽃에 휩싸인 날개 달린 사자 무리가 새 떼의 한복판을 여러 차례 휘젓자 새들이 뒤엉키면서 서로 부딪혀 깨지기 시작했다.

"쟁, 채쟁! 채채채쟁!"

유리 깨지는 소리가 요란하게 울려 퍼졌고, 비가 내리듯 유리 파편들이 바닥으로 떨어졌다. 검은 비는 한참 동안 광장 위로 떨어져 내렸다.

마침내 검은 비가 그치자 바람도 눈에 띄게 잦아들었다. 대종탑도 더는 흔들리지 않았다. 그저 종소리만이 긴 여운을 남겼을 뿐.

"뎅뎅, 데엥!"

사자의 무리는 이미 보이지 않았고, 제나가 던졌던 창이 광장 바닥 한가운데 꽂혀 있었다.

"안 돼!"

난간에 간신히 매달려 있던 유리마법사가 외쳤다. 곧이라도 난간 밖으로 떨어질 것 같았다. 제나는 그의 뒷덜미를 붙잡고 바로 세운 뒤 거칠게 가면을 벗겨 냈다.

또 다른 여행의 시작

"나, 난 아무 잘못이 없어요. 라마온 씨가 가면을 쓰라고 했을 뿐이에요. 제가 일을 하다가 라마온 씨가 만든 새를 깨뜨렸거든요. 마법의 새라고 했어요. 그 책임을 지지 않으면 유리 공장에서 쫓아내겠다고 해서……. 그런데 여기가 어디예요? 네? 여긴 대종탑인데, 저 건물은 뭐죠? 이 사람들은……. 여기서 멀지 않은 곳에 우리 집이 있어요. 아니, 저 길……. 분명히 저 길이었는데……."

가면을 벗은 유리마법사는 뜻밖에도 아주 앳된 청년이었다. 아무리 많아 봤자 이제 갓 스무 살이 넘었을 듯했다. 그는 마치 자다가 깨어난 듯 주위를 두리번거리며 당혹스러워했다. 잔뜩 겁에 질린 표정이었다. 그러면서 자꾸 가리온 아저씨 뒤쪽으로 숨었다.

"도대체 이 사람은 어떻게 된 거예요?"

제나가 자꾸 이상한 소리를 하는 청년을 보면서 물었다.

은파는 제나를 진정시키고 청년에게 다가가 무언가를 묻고 이리저리 살펴본 다음 차분하게 말했다.

"저 사람은 우리 시대에서 왔어. 타란튤라 유리 공장에서 일하던 사람이래. 저 사람이 쓰고 있던 가면은 우리 시대 사람들이 만든 거야."

"그, 그럼……?"

"팔색거미단이 유리마법사의 영혼이 담긴 가면을 씌웠대. 어쨌든 가면을 쓰고 있는 동안 저 가면에 깃든 영혼으로 살았다고나 할까?"

"……?"

제나는 그제야 이해가 갔다. 하긴 은파의 가면에도 신비한 능력이 있었던 걸 생각하면 불가능한 일만도 아니었다.

"그런데 대체 왜 가리온 아저씨한테는 익숙한 것처럼 구는 거예요?"

"자기 이웃집에 살던 아저씨랑 비슷하게 생겼대. 지금 저 청년은 제정신이 아니야. 자신도 혼란스러울 거야."

제나가 고개를 끄덕였다.

잠시 후, 은파가 뒤로 물러나며 공손한 자세로 한쪽 무릎을 꿇으며 말했다.

"왕자님, 그리고 공주님. 두 분이 베나로스를 구하셨습니다."

"은파, 지금 뭐 하는 거예요?"

은파의 갑작스러운 태도에 제나가 깜짝 놀라 되물었다.

"우리가 태어나고 자란 도시를 미래에도 영원하도록 구해 주셨으니, 마땅히 감사를 드려야지요."

"은파……."

"이제 저희는 돌아가야 합니다. 두 분도 돌아가셔야겠지요? 이리 따라오세요."

은파가 앞장섰다. 가리온 아저씨와 청년은 벌써 저만치 앞서 걸어가고 있었다.

광장은 그새 물이 빠져서 약간 높은 곳에는 이미 땅이 드러났고, 비처럼 떨어져 내렸던 유리 조각도 다행히 남아 있지 않았다. 무엇보다 대종탑이 그 자리에 그대로 있다는 사실에 안도했다. 제나는 조금 전까지 일어났던 모든 일이 실제였다는 게 도무지 믿기지 않았다.

제나는 제타를 잡은 손에 어느 때보다 더 꼭 힘을 주었다. 그게 불편한지 제타는 꼼지락거리며 손을 빼려고 했다. 제나는 한 번 더 꼭 쥐었다가 손을 놓아주었다. 제타가 제나를 보며 씩 웃었다. 제나도 마주 웃으며 걸음을 재촉했다.

은파는 북쪽으로 가는 수로 앞에서 멈추었다. 미리 준비한 건지, 물 위에 루나 보트 한 대가 찰랑대고 있었다. 먼저 가리온 아저씨가 올라탔고 청년이 그 뒤를 따랐다. 청년은 여전히 얼떨떨한 표정으로 사방을 두리번거렸다. 그래서인지 그가 조금 전까지만 해도 그렇게 악랄하게 대종탑을 무너뜨리려던 흰 가면이었다는 사실이 믿어지지 않았다.

가리온 아저씨가 제나와 제타를 향해 공손하게 인사했다. 헤어져야 할 시간이 임박했다는 뜻이었다. 작별을 눈앞에 두었다고 생각하자 왠지 섭섭했다. 그런데 그런 마음과 달리 입에서는 엉뚱한 이야기가 튀어나왔다.

"우리가 33년 후에 다시 만날 수는 없는 거죠? 아주 특별한 일이 생기지 않는다면 말이에요."

"글쎄요?"

제나의 말에 은파가 뜻 모를 미소를 지으며 대답했다. 속을 알 수 없는 대꾸에 제나가 고개를 갸웃거리자 은파는 다독이

듯 덧붙였다.

"이제 공주님은 또 다른 여행을 하셔야 하니까요."

"또 다른 여행?"

제나가 되물었지만 은파는 아무 대답도 하지 않았다. 아니, 말하지 않아도 알 것 같았다. 로물루마가 생각났다. 수십 일 동안 불에 탔다는 제2의 도시. 잠깐 떠오른 생각만으로도 다리가 후들거렸다.

잠시 후, 은파가 광장 쪽을 향해 휘파람을 불었다. 그러자 오래지 않아 까마귀 한 마리가 나타났다. 방금까지 광장을 떠돌던 까마귀 중 하나일 것이다. 그런데 그 까마귀는 마치 제나가 제 주인이라도 되는 양 제나의 어깨 위에 살포시 내려앉았다.

"공주님이 승리자입니다. 그래서 따르는 겁니다. 도움이 될 거예요."

은파가 까마귀와 제나를 번갈아 보면서 말했다. 그러고는 제나와 제타를 뒤로하고 루나 보트로 껑충 뛰어올랐다.

은파가 탄 루나 보트가 물길을 따라 미끄러져 나갔다. 은파가 제나를 한 번 더 돌아보았고, 보트는 금세 오른편으로 굽은 수로 옆으로 사라졌다.

제나는 루나 보트가 사라진 쪽을 한참 동안 바라보았다. 제타는 이미 사라지고 없는 루나 보트를 향해 계속 손을 흔들었다. 제나가 그 손을 가만히 잡으며 이제껏 제 목에 걸려 있던 베나로 스톤을 풀어 다시 제타의 목에 걸어 주었다. 베나로 스톤이 파랗게 빛났다. 가만히 들여다보니 꽃잎 다섯 개 중 하나가 완전히 파랗게 물들어 있었다.

그때 마침 또 다른 루나 보트가 이편으로 천천히 다가왔다.

"혹시 루나 보트를 타려고 기다리셨나요?"

관광객인 줄 착각한 걸까? 제나가 얼른 아니라고 손사래를 치다가 문득 손짓을 멈추고 사공을 자세히 살폈다. 사공은 노인이었는데 뜻밖에도 베나로자 왕국의 친위대 복장을 하고 있었다.

"아!"

적잖이 놀란 제나가 한 걸음 뒤로 물러났다. 문득 주위를 둘러보니 그곳은 처음 베나로스에 도착했던 곳에서 멀지 않은 곳이었다. 어떻게 해야 할지 몰라 두리번거리자 노인이 한 번 더 친절하게 물었다.

"혹시 루나 보트를 기다리셨나요?"

노인은 한쪽 무릎을 꿇고 공손한 자세를 보였다. 왕족에게 표하는 예의였다.

제나는 잠시 망설였지만 이내 제타를 데리고 루나 보트에 올랐다. 보트가 출발하자마자 처음 베나로스에 도착하던 날처럼 짙은 안개가 앞을 가렸다. 루나 보트는 자욱한 안개 속으로 천천히 미끄러져 갔다.

제나가 노인에게 물었다.

"이 배는 어디로 가나요?"

"로물루마입니다. 박쥐를 조심하셔야 합니다."

노인의 대답에 제나는 자기도 모르게 제타를 잡은 손에 힘을 주었다. 루나 보트의 속도는 조금 더 빨라졌고 안개는 더 짙어졌다. 한동안 눈앞에 아무것도 보이지 않았다.

천 년의 음모 베나로자 왕국의 시간 여행자

초판 1쇄 발행 2024년 3월 20일

지은이 한정영
펴낸곳 올리 ｜ **펴낸이** 박숙정 ｜ **자문** 박시형
기획편집 최현정 정선우 ｜ **디자인** 전성연
마케팅 양근모 권금숙 양봉호 이도경 ｜ **온라인마케팅** 신하은 현나래 최혜빈
디지털콘텐츠 최은정 ｜ **해외기획** 우정민 배혜림
경영지원 홍성택 강신우 이윤재 ｜ **제작** 이진영
출판등록 2006년 9월 25일 제406-2006-000210호
주소 서울시 마포구 월드컵북로 396 누리꿈스퀘어 비즈니스타워 18층
전화 02-6712-9800 ｜ **팩스** 02-6712-9810
이메일 allnonly.book@gmail.com ｜ **인스타그램** @allnonly.book

ISBN 979-11-6534-887-8 (43810)